愛分心的洛蒂

Lotte, träumst du schon wieder?

文／斯蒂芬妮·里茨勒 Stefanie Rietzler
　　法比安·格羅利蒙德 Fabian Grolimund
圖／馬酷斯·韋爾克 Marcus Wilke
譯／林硯芬

「給我們女孩兒，無論年紀大小：

你都可以做夢，可以去探索，可以發揮想像力。

你可以提出疑問，可以做出決定，可以說出自己的想法。

你可以在大大的舞臺上跳舞，或是光著腳丫踩泥巴。

你可以成長，可以學習，可以實現你的夢想。

你可以失敗，可以依靠他人。

你可以朗聲，也可以低語；你可以勇敢，也可以恐懼；

你可以幼稚，也可以深沉；

可以深深扎根於某處但又自由自在。

你是獨一無二的，是強大的，是精采絕倫的。

人生，任你探索。」

－斯蒂芬妮·里茨勒（Stefanie Rietzler）

「獻給我七歲的兒子嘉比瑞，

他從這個故事成形之初就陪伴著我們，

不斷激勵我們繼續寫下去：

『你們還沒往下寫嗎？』也會誇獎我們：

『你們把學校描寫得太讚啦！』

偶爾我們也會因為他的回饋而修改整個段落：

『這段超無聊的，只是一直講話，這裡一定要改！』

—法比安・格羅利蒙德（Fabian Grolimund）

7

目次

匆匆忙忙的早晨

「洛蒂，動作快點！耳朵洗一洗，牙齒刷一刷，然後去上學！」兔媽媽在廚房裡喊著。樓上的浴室裡，小兔子洛蒂趴在洗臉台上，盯著不斷流著水的水龍頭，她將爪子伸入水流中，水分開的樣子好有趣啊！「嘩啦啦啦！」水汩汩的流，洛蒂就這樣一邊站著，一邊開始幻想大海！

狂風暴雨，大雨傾盆，一艘海盜船航行在高高的浪頭上，洛蒂兩隻手緊緊抓著船舵，奮力的轉動，將全身的重量都壓了上去。

「**升前帆！**」她在風中大吼，狂風拉扯她的毛皮斗篷，這艘名為**安妮・邦妮**的船，船帆鼓漲了起來，桅杆發出吱吱嘎嘎的聲音，船頂著風勢開始轉向，巨浪高高掀起襲向船身，海盜船快速穿越浪濤。

豆大的雨滴拍打在洛蒂和她的船員──鴨子梅樂和大熊芙瑞達的臉上，突然！一道刺眼的閃電落在海面上，就在那裡！有一個黑影！

「有敵人！有敵人！」瞭望塔上的鴨子梅樂尖聲大叫：「芙瑞達！快去砲台！」突然，洛蒂的肩膀被一隻手抓住。

「噢！洛蒂！妳還沒好嗎？動作快點！妳又神遊到哪裡去了？妳的臉上又沾到胡蘿蔔汁了，快！把臉洗乾淨，牙齒刷一刷，否則我們都會遲到！」媽媽嘆了口氣，低頭看了一眼手錶。

「什麼？」洛蒂著大眼睛，抬頭望向媽媽。

「妳現在立刻……啊！算了，我來做好了。嘴巴張開！」媽媽將牙刷塞進洛蒂嘴裡，她邊罵邊刷女兒的牙齒「每天早上都這樣！」接著又擦乾淨她的臉。

「為什麼今天不是星期六？」洛蒂的耳朵垂了下來，喃喃自語：「不然我就可以玩整天，還可以把我那本安妮‧邦妮的書看完。」洛蒂突然覺得全身有氣無力。

「妳的書包收好了嗎？」

「慘了！」洛蒂一驚並搖搖頭，嘴裡還滿是牙膏泡泡。

「妳前一晚就該把書包收好，要我說多少次？」媽媽邊說邊跑進洛蒂的房間。

「我受夠了！」媽媽嘆了口氣，她一邊抱怨，一邊收拾書桌上的筆，並撿起地板上的本子，將所有東西塞進書包裡，洛蒂在一旁心不在焉的看著。

「洛蒂，別光站著，書包關好，快點！不然妳又要遲到了。」

洛蒂正想與媽媽道別時，廚房裡的料理計時器叮鈴叮鈴的響了起來。

「蛋糕！我必須迅速裝飾好蛋糕再去上班！」媽媽看了一眼時鐘後，匆忙在洛蒂的額頭印下一吻。

距離兔子小屋六百三十三步的林間空地上，矗立著一棵老橡樹，坑坑疤疤的樹幹歪七扭八，從地上冒出來的姿勢就像要鞠躬一樣。如果仔細看的話，可以在粗糙的樹皮上看到一個愛心，裡頭刻著洛蒂、芙瑞達和梅樂的名字，那是去年夏天大熊芙瑞達用她塗成粉紅色的指甲刮出來的。

這天早上，芙瑞達舒服的將她毛絨絨的背靠在老橡樹的樹幹上，鴨子梅樂圍著她繞圈圈，緊張的拍動

翅膀並嘎嘎叫道：「我們要遲到了！我們要遲到了！我們會被山貓老師罵的！我們要遲到了！」

「停下來！不要再跑了！妳讓我好緊張。」芙瑞達一邊嘟囔一邊將她粉紅色的蝴蝶結調正，她慢慢用兩隻後腳站起來，直到頭摩擦到橡樹的枝椏。

「沒事的，洛蒂馬上就來了！」她邊說邊彎下身讓四肢都落到地上，震得柔軟的森林地面顫了顫。

「謝謝妳們等我。」洛蒂喘著氣，笑了起來。

「妳終於來啦！」芙瑞達嘟囔著，邁開步伐往前走，離學校還有一大段路。

一如往常的上學日，三個好朋友肩並肩穿過森林，一縷陽光穿過樹葉落了下來。洛蒂吸入潮濕冰涼的清晨空氣，感受到自己的心跳漸漸平緩下來。空氣中瀰漫著泥土、苔蘚與潮濕木頭交織的味道。

「好多不同的顏色喔！」洛蒂的目光穿梭在葉片間，陽光將葉子浸染成各式各樣的綠色。

突然，洛蒂的後腳被樹根絆了一個踉蹌，幸好她只是撲到另一棵樹的樹幹上，就在此時，洛蒂的目光落到森林的地面上，「這……是什麼？」洛蒂興奮的叫喚她的兩位好友：「妳們看！這個腳印好奇怪喔！

它好大啊！」

「一定是海狸先生，也許他在附近伐木。我們繼續走吧！要遲到了。」已經跑到前面的梅樂緊張的步伐搖晃著。

「梅樂說得對，我們放學回家再來好好看一看這個腳印吧！」芙瑞達嘆了口氣。

「這一定不是海狸先生的！這個腳印比海狸先生的大很多，我從來沒看過。」洛蒂回過神來，跑向她的朋友們。

「好好好，我們之後再來看。」梅樂嘎嘎叫著，搖搖晃晃的向前走去。

洛蒂搖了搖頭，沉默的跟隨在芙瑞達身邊。她們兩人都很喜歡森林裡的靜謐，只有小溪涓涓與布穀鳥的叫聲……還有梅樂不時傳來：「嘿，哪種樹上會垂掛毬果？雲杉還是冷杉？」

「咦？妳怎麼突然講起這個？」洛蒂問，小臉皺了起來。

「因為要考試啊！山貓老師一定會問這個！」梅樂說完，搖搖擺擺的繼續向前走。

「什麼考試？」洛蒂好奇。

「樹的考試。」芙瑞達默默說道。

「不是下禮拜才考嗎？」洛蒂說完皺了皺眉頭。

「不是！是今天！今天考！」梅樂大叫，用力拍打她的翅膀。

「什麼？！」洛蒂瞬間定在原地，頭上開始冒汗，全身都癢了起來，她楞楞的看著兩個好友。

「妳又記錯時間了？」梅樂搖著頭。

考試

「吱——嘎——！」山貓老師的尖爪子刮在黑板上，全班立刻鴉雀無聲，沒人敢再發出一丁點聲響。

「早安！拿出國語作業簿，我們來檢查作業。」

教室裡發出一陣窸窸窣窣的聲音，所有人翻找著自己的書包，梅樂、芙瑞達和其他同學全都迅速打開作業簿，只有洛蒂沒這麼做。

「我的作業簿去哪了？糟了，媽媽沒有收進來嗎？」洛蒂顫抖著爪子將書包翻了又翻，遍尋不著國語作業簿的蹤影。她的心臟怦怦亂跳，血液在大耳朵裡瞬間加速的嗡嗡作響。

「如果我又沒帶作業，放學後一定會被留下來的！」她腦中迅速閃過這個念頭，而且她答應過媽媽，再也不會忘東忘西了。

「洛蒂，好了沒？我們每次都要等妳！」山貓老師怒吼。

「馬……馬上好！」洛蒂結結巴巴的說，她撈

出數學作業本，再順手拿文具用品當作小小的遮蔽物後，在腦中懇求拜託……拜託別被發現！

「現在從第一題開始，洛蒂，妳寫了什麼？」

洛蒂石化了，胃縮成一團，她不知道該回答什麼？梅樂的翅膀從椅子下伸來推了推她，然後把作業簿轉向洛蒂。

「那個……烏鴉……那個坐在樹枝上，因為……因為烏鴉和樹枝是名詞，所以要大寫。」洛蒂為了不讓別人看到自己偷瞄梅樂的作業，只好把爪子搭在額頭上來回答。

「答得好！」山貓老師的一隻眉毛高高挑起，她迅速走到洛蒂身旁，她一把抓起洛蒂的作業簿，用責備的眼神看了看算數作業，接著說：「只可惜那不是妳的作業，妳又忘記帶作業簿了吧！下週三放學後留下來！還有，梅樂，這是妳最後一次讓洛蒂偷看，不然下週妳也要留校！」

洛蒂感受到全班同學盯著她的目光，用盡全力忍住眼淚，還好山貓老師接著轉頭叫了別的同學，放了洛蒂一馬。

「我真是太笨了，為什麼老是會發生這種事呢？

第3題
雲杉或冷杉

上圖是何種樹木？
請描述其差別。

我明明就做了作業啊！這下我星期三又不能去玩了，媽媽知道這件事一定會氣瘋的！」洛蒂心想。

上課時間就這樣過去了。

樹木考試的時候，山貓老師緊緊盯著她，像在警告：不可以作弊！

洛蒂奮力回想上課的內容「嗯，第三題，圖上的是雲杉還是冷杉？」她看著圖低聲唸「喔！不！這就是早上梅樂問的問題啊！」洛蒂心想「我不知道……就寫冷杉好了，希望是對的……差異？冷杉的毬果是垂掛的，雲杉的是朝上立著的嗎？還有什麼可以寫的？咦？冷杉比較大，可以拿來做成聖誕樹。」

「把筆放下，時間到了。洛蒂，妳也一樣。」正當洛蒂準備要寫第四題時，山貓老師拍了拍手。

「我……還沒寫名字。」她結巴說道，但山貓老師已經從她顫抖的爪子中抽走了考卷。

當最後一節課的下課鈴響起，洛蒂深呼吸一口氣，肩膀也放鬆下來，終於到週末了，梅樂、芙瑞達與洛蒂收拾書包準備一起回家。

　　「妳們明天有空嗎？」洛蒂問。

　　「有空，來我家玩吧！我爸爸要烤蜂蜜蛋糕喔！」芙瑞達說。

　　「太棒了！我愛蜂蜜蛋糕！」梅樂嘎嘎的叫道。

　　就在芙瑞達和梅樂討論著到底要玩堅果滾球遊戲、還是蓋林間小屋，或者留在大熊家的洞穴裡玩時，洛蒂卻在仔細的察看著森林地面。

　　「那個腳印應該就在這裡附近……啊！在那個樹根！奇怪，怎麼不見了？」洛蒂喃喃自語。當她正要把自己的發現告訴兩個好友時，梅樂的嘎嘎叫聲將她的思緒拉了回來。

　　「還好這次考試不是很難……只是那個雲杉和冷杉的問題，我就說會考吧！妳們寫了什麼答案？」

　　「妳可以不要再提考試的事了嗎？現在是週末耶！」洛蒂翻著白眼慘叫。

　　「好啦！我只是問一下嘛！我猜是雲杉。」

　　「雲杉沒錯。」芙瑞達嘟噥。

兔爸爸需要洛蒂幫忙

「哈囉，爸爸！」洛蒂叫著，頭探入工作室內。

「寶貝，等等，我做一下記號。」兔爸爸頭也不抬的回應，快速在面前木頭上畫出精準的線條「好了！」他說完，放下手中的筆，對洛蒂露出微笑。

「這木頭要做什麼？」洛蒂問。

爸爸告訴她前不久有個小鹿家庭搬來森林裡，他們搬家的時候有個櫃子掉下來，其中一個抽屜摔壞了，上頭的圖案斑駁掉落，那對他們家來說是別具意義的傳家寶。「我想試看看救不救得回來，不過我們還是先吃飯吧！」爸爸解釋。

「吃什麼？」

「喔！不！我忘記要去買菜了！」爸爸驚叫一聲，摀住嘴。

「噢！爸爸！」洛蒂的肚子咕咕作響。

「冰箱裡應該能找到一些食材！」爸爸說完輕輕抱了抱她，帶她走出工作室。

很幸運，父女倆在廚房桌上找到一個兔媽媽烤的胡蘿蔔蛋糕，上面裝飾著滿滿的蒲公英小花和糖霜。

　　「好好吃喔！爸爸，你要不要泡杯可可？」洛蒂問。

「好，我來！妳等一下可以幫我修櫃子嗎？左邊的圖案刮花了，要重新補上，而妳比我會畫畫。」

洛蒂開心的猛點頭。

整個下午兩人都待在工作室裡，兔爸爸鋸木頭、打磨刨光，洛蒂再用細緻的筆觸為新抽屜畫上繁複的小花圖案。

　　「完成了！」洛蒂喊道。

　　「太完美了，洛蒂！小鹿太太一定會很高興！」洗乾淨畫筆，兔爸爸歪著頭仔細查看她的成果。

　　「媽媽回家後一定會很驚訝。」洛蒂靠著爸爸，兩人驕傲的看著親手修復的作品，洛蒂愉快得身體發癢。

　　夕陽透入工作室窗戶照入室內，木屑在餘暉中跳舞。

　　「你們在這裡！你們吃了蛋糕？」門突然打開，兔媽媽踩著重重的腳步走進工作室。

　　「因為小鹿家的訂單，我⋯⋯」洛蒂和爸爸轉過身，爸爸試著解釋。

　　媽用力的呼吸，怒吼：「今天有客人要來家裡，你知道的啊！星期五是你要負責買菜，到底還要我說幾次！」

「親愛的，我們只吃兩塊蛋糕，還剩很多。」

「你是要我把已經被吃過的蛋糕端上桌？那像話嗎？我早起辛苦烤蛋糕，現在卻有一半的蛋糕裝飾不見了！」

「要來吃晚餐的只是妳弟弟，我們有沒有吃過根本沒關係⋯⋯」

「重點是那個蛋糕是特別為他準備的，而且這件事你們也知道！」媽媽用憤怒的眼神瞪著爸爸。

「媽咪，妳一定要一直唸同樣的東西嗎？」洛蒂受不了了，她抱怨道。

「我受夠了！所有的事情永遠都是我在處理！我要工作好幾個小時才能回家，那個蛋糕是我今天早上特地早起烤的，現在卻被毀了。還有，山貓老師打電話給我了，洛蒂，我們昨天花了兩個小時寫完國語作業，妳竟然沒帶去學校！」

「對不起。」洛蒂默默低著頭，肩膀垮了下來。

「如果妳每天晚上都能把書包整理好，那妳就不會被留校了。」媽媽說。

「親愛的，好了啦！被處罰留校已經夠了。」爸爸打斷媽媽的話。

「我好累！山貓老師還說，洛蒂的樹木考卷上幾乎都沒寫，洛蒂甚至沒跟我說她要考試！」媽媽的手扶著額頭，好像頭很痛。

「我有記考試時間，只是寫錯日期了嘛！還有，蘿娜昨天也沒寫作業啊！但她卻不用留校，山貓老師不公平！她就是不喜歡我！」洛蒂辯解道。

「不要找藉口，妳已經三年級了，應該要知道自己什麼時候考試，以及記得收好自己的作業！」媽媽嘆口氣道。

洛蒂哽咽，眼中溢滿淚水，媽媽都不懂我！

「媽媽壞壞！」她大喊完轉身跑回房間，顫抖著雙手鎖上房門，撲到床上，將漲紅的臉埋進枕頭裡啜泣，直到浸濕枕頭。

「叮咚！」門鈴響了，透過枕頭和房間門，洛蒂聽到爸爸的聲音：「洛蒂，舅舅來了！」

洛蒂翻了個身，拉上棉被蓋住自己的頭。

路易斯舅舅的秘密武器

當洛蒂被敲房門的聲音吵醒時，天已經黑了。

「洛蒂？我等一下就要走了，但是我想看看妳，我可以進去嗎？」路易斯舅舅的聲音從門後傳來。

洛蒂揉揉眼睛，拖著腳步走向房門並打開。

「阿喔咿，海盜女士！是誰的嘴巴翹的都可以**升起船帆**啦？妳沒吃到飯，所以我幫妳拿了一些來。」舅舅一手拿著一個袋子，另一手則是端著胡蘿蔔蛋糕的盤子。

「謝啦，**陸地人**！」洛蒂微笑著接過蛋糕，在床沿坐下。

「發生什麼事？妳媽媽跟我說了妳們吵架的事，我覺得她心裡很抱歉對妳說了那些話。」舅舅說完，脫下脖子上掛著的相機揹帶，將相機放在洛蒂的書桌上，之後盤腿坐在地板上。

「但是她總是讓身邊的人覺得壓力很大，而且老是唸我『動作快點！』或是『妳又忘記了！』還有

『專心一點！』還有『如果繼續這樣下去，我要絕望了！』等等……」洛蒂說完往嘴裡送了一塊蛋糕，點點頭。

「如果是我的話，也會把自己鎖在房間。但是妳知道嗎？妳媽媽只是擔心。其實我以前也這樣，所以我了解。」接著舅舅開始說起洛蒂的外公外婆，以前也很擔心他，因為他的成績很差，又老是忘東忘西，所以他們很煩惱他將來能做什麼！」

洛蒂覺得不可思議，因為現在的舅舅是個很成功的攝影師。

「我以前真的很糟糕！妳想聽一個糗事嗎？我以前還是學生時就很喜歡攝影，老師覺得拍得很棒，就問我願不願意在畢業典禮上幫忙拍照，我那個時候覺得很驕傲，一心想要拍出有史以來最棒的照片。」舅舅說。

「然後呢？」

「我整晚都在拍照，抓住所有美妙的瞬間，但是當我想要將照片沖洗出來時，才發現相機沒裝底片！整晚

都沒留下半張紀念照，所有人，就是我的同學和所有家長，全都很失望！妳應該能想像當時的尷尬……」

「但是你現在不會再那樣了吧？」洛蒂眼睛睜得大大的，伸手摩挲路易斯舅舅的手臂，她非常理解讓其他人失望是什麼感覺。

舅舅微笑回答：「我有秘密武器，可以在正確的時間告訴我該做些什麼，而且對作業和考試都很有效喔！」

我的「每當……就……計畫」

如此我就不會忘記重要的事，並在正確的時間告訴自己該做什麼。

每當山貓老師在黑板寫下作業，我就立刻拿出作業本記下來。

每當我寫完一項作業，我就立刻將它收到書包裡。

每當山貓老師宣布考試時間，我就立刻拿出作業本，翻到正確的日期並用明顯的顏色記錄下來。

洛蒂感到興奮了，她想知道舅舅的秘密武器究竟是什麼，於是兩人一起畫了一張海報。

　　「如果妳願意的話，可以閉上眼睛，想像妳現在坐在教室裡，梅樂坐在妳旁邊，也許妳也看得到芙瑞達，看一下妳周遭都有誰呢？山貓老師站在前面，她轉身面對黑板說：『你們的功課……』她把作業全都寫在黑板上。這時候妳要告訴自己什麼？」舅舅建議洛蒂透過想像練習一下。

　　「每當山貓老師在黑板上寫下作業，我就立刻拿出作業本記下來。」

　　「太棒了！把黑板上所有東西都抄下來！然後檢查一遍是否全都抄齊？也許妳會有些小驕傲，因為妳成功做到了，不是嗎？」

　　「好像在看電影喔！只是這部電影有點無聊！」洛蒂閉上眼睛躺著。

　　「一部以自己為主角的電影，不可能無聊的！來吧！我們倒帶一下，再重播幾次妳腦中的電影。」舅舅笑了。

　　洛蒂在第二次、第三次想像時漸入佳境，只要山貓老師在黑板上寫下「作業」一詞，提醒句就會迅速

出現在她腦中。

　　不過，舅舅還私藏了其他妙招，他回車上拿拍立得相機，並請洛蒂坐到書桌旁演一段抄作業的戲。

　　「演一下，假裝妳剛把作業從黑板上抄下來。」喀嚓！「現在拿一份講義，假裝這是一份妳裝在書包裡的作業。」喀嚓！

　　「妳可以把這些照片當成提示放在妳的鉛筆盒裡。」拍立得相機吐出照片，舅舅用漂亮的草體字把洛蒂的提醒句寫上去。

　　「睡覺時間快到了！路易斯，你也該回家了。」媽媽探頭進房間提醒。

　　「我們快好了。」舅舅邊說邊朝洛蒂眨了眨眼，他伸手到袋子裡翻出一個不規則形狀的東西。

　　「這是什麼？」洛蒂仔細打量這個用報紙和膠帶包裹的東西。

　　「拆開看看！」

　　洛蒂仔細拆掉膠帶，將報紙攤開後，眼睛發亮的喊：「海盜船！船上還寫**安妮・邦妮**！你怎

麼會有？」

「上週我幫雜誌社拍攝小漁村的照片，我在那邊的一座老燈塔裡發現一間迷你商店，妳應該也會喜歡那間店，有賣貝殼、海膽刺、舊油燈、鯊魚牙齒等等……我一看到這艘船，立刻就想到妳！老闆是一隻老海象，他還特地幫妳在船身刻上**安妮·邦妮**呢！」舅舅笑了起來。

「酷，謝謝！」洛蒂小心翼翼的將這艘嶄新的**三桅帆船**放到她的床頭櫃上，這麼一來她就能看著它入睡了，洛蒂抱了抱舅舅。

「那麼現在去**臥鋪**吧！我也該走了。」舅舅站起身，親了親洛蒂的額頭，轉身走向房門。

「舅舅？」洛蒂說。

「怎麼了？」

「你的相機。」

「我已經拿了。」

「不是這台，是另一台！」

「噢，謝謝！我完全忘了。」

舅舅離開後，媽媽走進洛蒂房裡，她迅速閉上眼睛裝睡。媽媽一坐下來，洛蒂感受到床墊向下沉，不

久後，她的頭被輕輕撫摸，「唉！小兔寶，我很抱歉，我只是希望妳能做到那些事。」媽媽用幾乎聽不見的聲音輕聲呢喃。

狼嚎

「什麼聲音？」洛蒂在午夜時分驚醒，她緊張的掃視一圈房間，微弱的月光照進房裡。

「凹──嗚──嗚」那聲音又來了。

洛蒂全身的汗毛都豎了起來，背上一陣顫慄，她尖叫著抓起玩偶，跑出房間，衝進黑漆漆的走廊，推開爸媽房間門。

「做惡夢了嗎？」所幸爸爸剛好也醒了，他從床上坐了起來。

「你，你……沒聽到嗎？你聽『凹嗚』又出現了！」洛蒂結結巴巴的說。

「噢！那個啊！那是狼嚎。」爸爸安撫的拍拍洛蒂。

「什麼？狼？我們森林裡有狼？」

「對啊，幾年前就有一隻狼在無人森林裡晃蕩，只是這裡很少會聽到狼嚎，這隻狼應該是住在那邊的舊洞穴，不過沒人知道確切情況，因為已經好幾年沒

人去過那片森林了。妳們也不能去那邊，這個妳是知道的吧？！」

「因為那隻狼嗎？」

「因為很危險，森林管理員畢伯先生說過，無人森林裡太多腐朽的樹木，隨時都可能倒下，那邊的樹長得茂密，密到陽光幾乎透不進去，有時甚至整天陰陰暗暗的，更容易在森林裡迷路。」

「那狼呢？」

「我們沒人見過，狼都待在他的區域。現在妳快回去睡吧！」

洛蒂其實很想鑽進爸媽的被窩，但是爸爸覺得她已經長大了，不應該再和父母一起睡。

穿過黑漆漆的走廊回到房間，這條路對洛蒂來說彷彿沒有盡頭似的。

「為什麼那隻狼要那樣叫？如果他跑來我們這邊怎麼辦？也許上學路上看到的那個巨大的腳印就是他的！假如他偷偷從窗戶爬進來怎麼辦？我需要亮光，我要點蠟燭！」洛蒂坐在床沿，雖然父母不准她在房間點蠟燭，尤其晚上自行點蠟燭很危險，但是現在因為害怕不得不點。

火柴斷了，她太用力了！再點一次吧，蠟燭終於被點燃了，燭火跳躍著，陰影倏地掠過房裡。

「如果那隻狼跳進窗裡，我就用刀打他！」洛蒂從她的海盜箱裡翻出木頭玩具刀，拿著刀躺回床上並給自己打氣。

最好的朋友

隔天，洛蒂來到大熊家的洞穴，她伸手拉了拉門上沉重的鐵製門環，敲響三次後，熊爸爸開門了。

「快進來！她們在芙瑞達的房間裡。」熊爸爸說。

洛蒂伸手握住熊爸爸的手，她的小手幾乎被熊掌整個包住。

「好香的味道喔！」洛蒂四處聞聞。

「是蜂蜜蛋糕，有加粗麥粉內餡喔！不過還要再烤一下，好了再叫妳們。」熊爸爸笑著說。

芙瑞達的房間傳出陣陣笑聲，洛蒂一進入
房內，就看到她的兩位好友坐在床上，將頭一
起埋進一本雜誌裡。

「妳們在做什麼？」洛蒂問。

「火花雜誌裡有一篇很蠢的心理測驗，妳想知道芙瑞達是哪種類型的朋友嗎？」梅樂邊說邊笑。

洛蒂用力一躍跳上芙瑞達的床，趴在柔軟的床單上。

「我們來看結果吧！芙瑞達，妳是 B 類型的朋友：忠誠的靈魂。」梅樂揮動翅膀翻到下一頁，一臉嚴肅的說。

「還真令人意外，呵！」洛蒂笑著靠在芙瑞達軟軟的絨毛上。

「現在安靜，我要唸囉！嗯，忠誠的靈魂。妳的朋友永遠可以信賴妳，遇到困難的人都會來找妳，妳是非常好的傾聽者，妳從不說別人壞話，而且永遠都很真誠，但請小心不要讓自己被人忽視了。妳擁有最舒適愜意的房間，是最棒的朋友聚會地點！」

「房間那句一定不是雜誌上寫的，拿來我看看。」芙瑞達微微一笑，她說著，從梅樂手上搶走雜誌。

「都是亂編的！」洛蒂咯咯笑著。

「嘿，芙瑞達的芭蕾照片都到哪去啦？」梅樂

環顧一圈後問道。

「拿下來了。」芙瑞達低聲說。

就在這個時候，廚房傳來呼喚聲：「蛋糕烤好
囉！」

洛蒂動了動鼻子，肉桂和蜂蜜的味道好香啊！

芙瑞達提議在房間吃蛋糕，然後她說完後就起身
去幫大家拿蛋糕。

「妳知道她為什麼要把照片都拿下來嗎？」當房門在芙瑞達身後闔上，洛蒂立刻問。

「不知道，因為她不去跳芭蕾，照片就不掛了嗎？」梅樂邊說邊拍著翅膀來到房間另一角，撿起一張被拆下的照片說：「看起來很棒啊！」

芙瑞達正好在這個時候端著蛋糕回到房間。

「馬上把照片放回去！」她低聲吼道。

梅樂迅速丟下照片，拍著翅膀飛回床上。

「嘿，芙瑞達，妳怎麼了？我們做錯了什麼嗎？我也搞不懂妳為什麼不去跳芭蕾了，妳不是一直很愛芭蕾嗎？」洛蒂嚇一跳，疑惑的望向芙瑞達。

芙瑞達沉默的移開視線，盯著地板看。

「妳可以說出來，畢竟我們是妳的朋友，更是妳最好的朋友啊！」梅樂試著說服她，並用翅膀輕撫芙瑞達的背。

「是因為新來的老師嗎？那個孔雀老師？」洛蒂嘗試詢問。

「她說一隻這麼胖的熊不能和他們一起跳芭蕾。」芙瑞達的頭垂到胸口，眼角滿是淚水。

「她怎麼能這樣！而且這絕對不是真的！妳跳

舞的時候多優雅啊！她看不到嗎？」洛蒂激動的喊。

「這個笨堅果，真是大笨蛋！」梅樂嘎嘎叫道。

「不是的！孔雀老師想排練新的芭蕾舞劇〈天鵝湖〉，她只想讓優雅的天鵝們來演，她說練習的時候我可以在最後面跟著跳，但演出的時候不能上台。」芙瑞達止不住地啜泣。

梅樂和洛蒂試著安慰芙若達，強調上次芙瑞達演出時，她們有多麼驚艷，以及很羨慕她的天分，但是當梅樂提到：「而且妳完全不胖！妳是強壯，熊……熊的體格本來就很壯……」

芙瑞達一聽到這裡就哭得更大聲了，她決定今天不吃最愛的蛋糕了。

梅樂突然咧嘴笑著說：「我有辦法讓妳恢復勇氣！」她拿了背包過來，像變魔術一樣抓出三條友誼手環，接著說：「看！這是我自己編織的喔！」然後梅樂興奮的呱呱叫。

「妳們喜歡嗎？

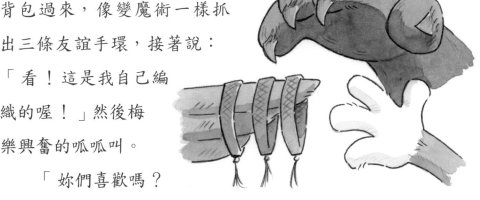

說說看，妳們喜歡嗎？我還特別加入大家最愛的顏色喔！粉紅色給芙瑞達、紫色給洛蒂，藍色是我的。」梅樂伸出翅膀，將三條同款式的手環遞給好友看。

洛蒂充滿敬意的拿起手環，戴起來之後就開心的笑看梅樂，而梅樂是把手環掛在脖子上，看起來像一條項鍊。

「有點緊。」芙瑞達一邊低聲說，一邊用力將手環戴好。

「小心！小心！妳要弄壞了！手環要斷啦！」梅樂一邊驚叫，一邊激動的繞著芙瑞達轉來轉去。

「妳知道怎樣戴才好看嗎？妳可以掛在耳朵上，過來吧！我幫妳！」洛蒂想到一個變通辦法。

芙瑞達彎下腰，洛蒂墊起腳尖，將手環戴到她的左耳上，非常完美。

「現在剩友誼宣言了。」洛蒂提議。

三人快速的商量一下，立刻圍成一圈站著，兔爪、鴨翅與熊掌牽在一起。

「誓言已出，絕不毀約。」鄭重宣示要當一輩子的好朋友，沒有人、也沒有事情能將他們分開。

快樂的下午的時光，女孩們將她們最愛的唱片放

入電唱機，這台電唱機是芙瑞達祖父留給她的，三人扯開嗓子大聲跟著唱，忘我的跳舞。此時孔雀老師、學校以及洛蒂爸媽的怒火，全都暫時拋到腦後。

「芙瑞達！媽媽馬上到家了，我們半小時後開飯！」突然廚房傳來熊爸爸的叫喚。

「要我去問問妳們能不能留下來吃飯嗎？」芙瑞達說。

梅樂開心的答應了，因為熊先生和熊太太經營著一間名叫「熊爪子」的糕點麵包店，熊太太每天都會把賣剩的各種新鮮麵包帶回來當晚餐，如肉桂捲、蜂蜜小麵包、可頌、丹麥千層酥、蛋糕。

「吃完晚餐天都已經黑了，或許我還是回家比較好。」洛蒂猶豫不決。

「為什麼？妳從什麼時候開始怕黑了？」芙瑞達和梅樂用不可思議的目光盯著她。

「妳們知道無人森林裡有狼嗎？我昨天聽到他嚎叫，超恐怖的！」洛蒂試著解釋。

「什麼？狼？我從沒看過！」梅樂說。

「我也沒有！但是我們在家是常常聽到狼叫，我爸爸說那隻狼是從北方來的，他們的生活方式還是

和以前一樣。」芙瑞達接著說。

「和以前一樣？」梅樂問，她的表情看起來有點不舒服。

「妳們知道的，就是像以前那樣……」芙瑞達低聲說。

「妳指的到底是什麼？」洛蒂問。

「北方的狼還是會打獵。」芙瑞達吞了吞口水，低聲說道。

洛蒂不敢相信聽到了什麼，這是真的嗎？她感到一會兒冷一會兒熱，寒毛都豎了起來。

「打獵！他們會打獵！那隻狼會把我們吃掉！」梅樂在房裡瘋狂亂飛，幾根羽毛掉了下來，她叫個不停。

「到目前為止還沒人看過那隻狼，我爸爸說他已經住在無人森林好一陣子了，他還會繼續待在那邊。」芙瑞達試著安撫她們。

梅樂現在也想立刻回家了。

洛蒂很高興，這樣她們就能一起走到老橡樹的十字路口，剩下的路兩人再用最快的速度飛奔回去。

又是作業！

　　星期天，多美好的日子啊！吃過早餐，洛蒂抓起寫生簿和炭筆，興高采烈的跳出家門。

　　發現了一隻鍬形蟲！這隻漂亮的昆蟲在樹皮上慢慢爬行，洛蒂一邊靜靜的觀察強而有力的大顎，深棕色的甲殼隱約閃著紅光，還有不規則的細腳，再一邊小心翼翼的拿起炭筆開始畫畫。

　　「妳在這啊，我到處找妳！」媽媽突然出現在她身後。

　　「妳看，鍬形蟲！」洛蒂抬起頭，自豪的把寫生簿遞到媽媽面前。

　　「越畫越好了。」媽媽瞄了一眼後說道。

　　洛蒂笑著繼續畫，但是媽媽卻低頭看一眼手錶，便深吸一口氣說：「我們不是說好吃過早餐，要來準備下週的聽寫嗎？」

　　「但是我還沒畫完。」洛蒂嘆口氣。

　　「妳可以等一下再畫，現在請妳過來！我不是

整天都有時間，我還要洗衣服和煮午餐。」

洛蒂沒有動。

「我在等妳！」媽媽歪著頭，用手敲了敲手錶。

「等一下鍬形蟲就不見了。」洛蒂低聲抱怨，闔上寫生簿，慢吞吞的拖著腳步跟在媽媽身後走回家。

不久後兩人一起坐在餐桌邊。

洛蒂覺得聽寫的時間無限漫長，她很難集中精神，很快她就開始覺得頭腦發熱，而且越來越重，當她正想用手撐住下巴時……

「專心！只剩一個句子了！繼續寫！葉子順著河水往下流。」媽媽搖了搖頭。

洛蒂望向窗外，心想著鍬形蟲一定已經跑掉了！

「洛蒂，注意這裡！妳應該早就要寫好了啊！現在快寫！葉子，順著，河水，往下流。」媽媽翻了翻白眼。

最後一個句子終於寫完了，洛蒂放下筆，揉了揉眼睛，媽媽將練習卷拿過去批改，紅筆每動一次，洛蒂的心就揪一下。

最後，她的聽寫練習卷上一共有二十二個錯誤。

「這些我們不是都練習過了嗎？！為什麼妳還

是錯在同樣的地方！妳的腦袋根本就沒認真去記，妳看看這些錯誤！妳看妳的『不』少了一撇，河水的部首三點水，妳寫兩點，河就是有水的地方啊！怎麼會是兩點？！錯這麼多，看來得再重寫一次！」媽媽嘆氣，聲音裡充滿失望。

洛蒂覺得快不能呼吸了，難道沒有人發現她有多努力、多累嗎？她的眼眶開始發熱，視線中的聽寫考卷變得模糊一片，毛茸茸的臉頰上慢慢滾落眼淚。

「我辦不到！我是笨蛋！」她絕望的啜泣，將臉埋進手臂，趴下時鉛筆盒從桌上滑落，好幾支筆滾到地上。

「不，妳不笨！」媽媽嘆了口氣，慈愛的摸摸洛蒂的頭。

「可是我都做不好！」洛蒂哽咽。

「我也不想這麼做，但是三天後就要考聽寫了，妳應該也不想考不好吧？我只是想幫妳！」媽媽抱著洛蒂說。

洛蒂哭完後，臉變得有點腫，她覺得又累又空虛。

「我想我們應該把聽寫延到晚上再做。」媽媽站

起身，撿起鉛筆盒和地板上的筆。

「我可以去梅樂家一趟嗎？她今天要照顧弟弟、妹妹，現在一定很無聊。」洛蒂鬆了口氣，立刻懇求媽媽。

「也許晚一點吧！妳得先做功課，妳這週的進度還有一些沒完成。妳知道的，如果山貓老師發現妳沒寫完的話會有什麼反應。」媽媽敷衍的說道。

「我不能晚一點再做嗎？功課分量太多了，我想先去梅樂家一下下！媽媽，拜託。」洛蒂哀求。

「先做功課才能玩！如果妳努力一點，加點油，一個小時就能做完，然後妳就可以去找梅樂了。」媽媽堅持。

洛蒂失落的坐回椅子上，她意識到今天將會很漫長。

這就是我

　　早晨一如既往，梅樂和芙瑞達在老橡樹旁等著她們的好友，飛奔而來的洛蒂也始終如一的遲到了。

　　「下次我們就不等妳了！今天第一節課要寫作文，我們的時間本來就不太夠用！」梅樂板著臉嘎嘎嘎的叫，踩著重重的步伐向前走。

　　「抱歉！今天應該是我爸要叫我起床，但是他睡過頭了。」洛蒂氣喘吁吁的說。

　　「妳昨天怎麼沒來我家？妳答應要來的！」梅樂哼了一聲，抱怨著說。

　　洛蒂立刻內疚了，梅樂昨天肯定非常需要洛蒂的幫忙！因為有的時候梅樂的媽媽週末也必須去咖啡廳工作，而梅樂就要自己照顧六個弟弟、妹妹，還要煮飯和整理家裡。

　　上次洛蒂和她一起在廚房燉蝸牛，只不過幾分鐘沒看住那幾個搗蛋鬼，他們竟然跑到池塘去玩捉迷藏，接著又回到家裡繼續玩，他們髒兮兮的鴨蹼在椅

子、桌子、沙發和床上跳來跳去。

「我很抱歉，我媽不准我出門，因為我沒做完那些討厭的作業，我花了一些時間才做完，而且晚餐後我還必須再練習一次聽寫。」洛蒂說。

「喔。」梅樂匆忙向前走。

「要坐熊熊計程車嗎？」芙瑞達轉移話題。

「喔耶！」梅樂和洛蒂一起大叫，興高采烈的爬上芙瑞達的背，讓她駝著好友們向學校飛奔。

不久後，洛蒂盯著山貓老師寫在黑板上的作文題目：「這就是我！」描寫你自己，盡量多用形容詞。

「這就是我，這就是我……其他人都寫了什麼呢？我完全沒想法！」洛蒂一邊低聲默念，一邊拉扯著梅樂送的手環。

洛蒂快速掃視一圈教室，聽到鋼筆在紙上發出沙沙聲，眼看有許多同學快要寫完一頁，像梅樂就寫得超快，翅膀

和羽毛快速在紙上飛掠而過，快到洛蒂覺得好像有一陣風吹過，而自己卻才剛剛寫了幾行字而已。

「這就是我，我是洛蒂，我十歲，我是一隻兔子，住在兔子樹林。呼！還有什麼可以寫的呢？」洛蒂從頭到尾讀了一遍寫下的內容。

「其他人都快寫完了，妳卻才剛剛開始！至少要寫兩頁！妳不要又當唯一幾乎交白卷的人。」山貓老師的影子突然出現在她的稿紙上，並發出嘶嘶的警告聲。

「好的，山貓老師。」洛蒂垂下視線，低聲囁嚅的回答。

「還有，看清楚規則，要多用形容詞，專心一點！」山貓老師提醒她，用爪子敲了敲洛蒂的稿紙。

「形容詞……形容詞……我是誰？」洛蒂的腦袋裡迴響著這個字，終於提筆開始寫。

這就是我

我是洛蒂，我十歲，我是一隻兔子，住在兔子束林。

我最喜歡的顏色是子色，我最喜歡吃胡蘿蔔蛋高配蒲
公英。

我有兩個最好的朋友，她們是芙瑞達和梅樂。

我喜歡畫畫和 ~~做手公藝~~ 做手公藝。

所有人都說我動作太慢、不子細聽別人說話、不系
心、不專心，而且太見忘，所以他們都放不下心。

不過這其實並不公平，因為自從路易斯舅舅告訴我他
的秘宏五氣，我就不會忘記我的功克了！！但是沒有
人注意到這件事。

爸爸媽媽長長生我的氣，也長長罵我，因為我會寫錯
字，而且成績不好，但是我不是 故易的。

我討厭學校。我除了畫畫，其他都不會。

媽媽有的時候會很難過，她說如果繼續這樣下去，
我的前途無旺，我也不知道我應該怎麼做才好。

我沒辦法寫完兩葉，我不知道什麼討厭的形容詞，
還有該怎麼寫。

　　「放下筆，時間到了。」山貓老師大聲說，接著
開始收稿紙。

留校處罰

兩天後，星期三下午，到了洛蒂留校的日子。

「妳抄完就可以走了，但是不能超過兩個錯誤！」山貓老師放了一首詩和一張白紙在課桌上。

洛蒂快速瀏覽一遍，數了數字數後她心想：「393！這麼多！」深吸一口氣後，她提筆開始寫。

一會兒後，她甩甩發酸的爪子，這首詩真長，而且還有好多好難的字，她根本不認識那些字！

「繼續寫，否則明天還要留校。」坐在講桌前的山貓老師一邊改著作文，一邊向洛蒂投來嚴屬的目光。

洛蒂低頭抓起筆繼續寫道：

> ⋯⋯「著火了！」叫喊聲響起，
> 煙霧，冒出客艙和艙口，
> 煙霧，火光熊熊⋯⋯

「火光熊熊」洛蒂一邊喃喃自語，一邊心不在焉的咬筆並思索這幾個字，眼前的一切漸漸變得模糊，洛蒂落入自己的幻想世界：

海盜船**安妮・邦妮**被海浪顛過來晃過去，直到水花噴濺到甲板上，地板又濕又滑，洛蒂不得不抓緊船上**護欄**。又一道閃電劃過，洛蒂瞇了瞇眼，突然睜大眼睛，就在她面前，出現了一艘巨大的海盜船，黑漆漆的就像一隻大怪獸。

「是海盜船『惡夢』！」梅樂大叫。

洛蒂的心臟幾乎漏跳一拍，「芙瑞達！大砲！」她在狂風中大吼，因為洛蒂已經聽到敵方大砲隆隆的聲響，以及木頭的碎裂聲。她轉身，看見船邊**護欄**出現一個大洞，濃烈刺鼻的火藥味飄入鼻中。

甲板下，芙瑞達的加農炮已就定位，她拿起火把點燃引信，轟！響聲震天！**安妮・邦妮**隨之震動，一顆碩大的鐵製砲彈嘶鳴著穿過黑夜，深深扎入敵方惡夢號的船身。

砲彈在兩艘船之間穿梭，加農砲的火光不斷閃起，海面陷入一片恐怖的亮光，緊接著洛蒂將**安妮・**

邦妮向右轉，芙瑞達在最精準的時間點燃砲火，劈里啪啦！一個巨大的火柱穿透對面惡夢號船身，芙瑞達用了一整桶的火藥！

「**登船！**」洛蒂大吼，拔刀對空。

「洛蒂！妳又在胡思亂想了？」眼前的課桌上，山貓老師用尺「啪」一聲敲著桌面。

洛蒂嚇了一跳，搖搖頭，她必須回想一下自己在哪裡：我被留校，和山貓老師一起，老師看起來相當生氣。

「我寫到⋯⋯哪了？」洛蒂結結巴巴的說，視線落到面前的詩和紙張上，她手中還抓著鋼筆，墨水流了出來。

「著火了！」叫喊聲響起，
煙霧，冒出客艙和艙口，
煙霧，火光熊熊⋯⋯

「怎麼又這樣！妳寫到這裡！還不到一半！繼續寫！」

山貓老師對她怒聲道，一隻爪子插入墨水污漬裡。

洛蒂偷偷瞄了一眼時鐘，我還要留校多久？詩中的每個

句子都讓她很難受，如果她可以寫快一點就好了！換成梅樂的話，她一定早就寫完了。洛蒂不耐煩的在椅子上動來動去，「椅子讓我好不舒服！」

洛蒂寫了又寫，直到老師再度出現在她面前。「又怎麼了？」洛蒂心想。

山貓老師繞過洛蒂的課桌，站到她身邊，從上往下檢查抄寫內容，洛蒂知道她動作太慢了，而且她還要很久才能抄完。一陣沉默後，山貓老師的手搭上洛蒂的肩。

「可以了，妳寫得夠多了。」山貓老師說。

洛蒂心想著「我有沒沒聽錯？能提早走了？」眼角餘光瞄到老師的另一隻手拿著她的作文，因此鬆了口氣，開始收拾東西，終於可以回家了！

回家的路上，洛蒂漫步在森林裡，她的思緒又飄回海盜船上……

「進攻！」洛蒂大吼，拔刀指著敵船。

「是！隊長！」梅樂喊著，從瞭望塔飛下，抽出她的手槍。

芙瑞達砰砰的爬上樓梯，將沉重的爪鉤拋向敵船，用盡全力將**安妮・邦妮**拉向惡夢號，直到兩艘船

碰在一起。

三個勇敢的海盜小姐跳上敵船，雙方爆發激烈的戰鬥，洛蒂衝在前面，梅樂與芙瑞達緊隨其後。洛蒂瞇著眼，她感覺心臟怦怦跳，全身的肌肉繃緊，大刀牢牢握在手裡，準備要大戰一場。

「出來吧！山貓野爪！」她喊道。

「嘿嘿嘿——妳竟敢上我的船！妳這是找死，可憐的小白兔！」山貓野爪躲在哪呢？風中傳來一陣狡猾的笑聲。

洛蒂鼻孔噴氣，轉頭尋找，這傢伙會從哪冒出來？在那裡！她的敵人雙腿跨在**船尾**，山貓野爪齜著牙，惡狠狠的吼叫，嚇得梅樂躲到芙瑞達身後。

「動手！」雨點啪啦啪啦落在山貓野爪血色大衣的肩頭。

三個醜陋的身影從陰暗中現身走向洛蒂，那是單耳、木腿和獨眼，兇狠的三胞胎獾兄弟。他們口中冒出口水泡泡，毛皮髒亂黏膩，雙眼通紅，爪子又尖又長，每走一步，就在木頭甲板上留下一個凹痕。一隻獾少了一個耳朵，另一隻瞎了隻眼，還有一隻缺了一條腿——唯一共同辨別他們的方式，獾未到先飄來一

72

陣腐爛的臭味。

「他們交給我，妳們去找野爪！」洛蒂身邊的芙瑞達以後腳站立，她從喉嚨發出威脅的吼聲。

三隻獾已經來到面前，他們抽出生鏽的刀，呼吸急促，鼻孔中流出鼻涕。

芙瑞達大吼一聲，震耳欲聾，三隻獾呆楞片刻，紅色的眼裡升起恐懼，木腿甚至失去平衡，在兄弟們的口水鼻涕上滑了一跤。

「就是現在！」芙瑞達喊著撲向三兄弟，她揮起爪子，單耳被拋向桅杆，洛蒂趁機掠過他們身邊爬上樓梯，大衣迎風飄揚。

此時，木腿振奮起精神，和他的兄弟獨眼一起攻擊芙瑞達，她靈巧的閃開刀鋒，以迅雷不及掩耳的速度反擊，將獨眼箝制在腋下，用力捧了他兩下屁股，又一口咬住木腿的木頭義肢，將他高高拋起，木腿邊咒罵邊哀號的掛在船帆上。

芙瑞達戰意正濃，環顧四周尋找其他對手。

梅樂拿著手槍站在洛蒂身後不遠處，她雙腿顫抖，動都不敢動。突然咔嚓一聲，梅樂轉了一圈，抬頭望向船桅，發現瞭望塔上有一團毛茸茸的東西，她

用一隻翅膀遮在眼睛上擋住雨勢，試著在黑暗當中看得清楚一些。

在那！有東西在動！起初只看見一個毛茸茸的尾巴，突然一支弩箭從瞭望塔上射出，直指洛蒂！

梅樂想都沒想便扣動扳機，兩支槍迸出火花，子彈擊碎弩箭，金屬碎片如雨點般掉落甲板。神射手梅樂迅速衝向桅杆，口中發出刺耳的尖叫聲，原來敵人是瘋狂提拉，一隻門牙又長又爛的松鼠！

瘋狂提拉張嘴撲向梅樂，卻在半空中被扯了回來，是芙瑞達抓住他的尾巴！芙瑞達爪下的提拉無助的搖晃，還來不及用他的爛牙咬向芙瑞達的手臂，就被塞入一個空水桶裡，芙瑞達蓋上蓋子，無論提拉在裡面如何暴怒尖叫也沒辦法逃走。

「剛……剛好，真是剛剛好。」梅樂放下槍，結結巴巴的說。

船尾處，洛蒂和山貓野爪的戰鬥如火如荼，兩人周旋著並大口喘氣，山貓野爪揮動長劍攻擊，洛蒂舉起刀不偏不倚的擋住，發出激烈金屬碰撞聲，山貓野爪隨即又出招，以利爪飛向洛蒂面頰。

洛蒂在最後一刻將頭向後一仰，感受到爪子帶起

的勁風險些擦過，山貓野爪想再度揮劍，洛蒂已經喀嚓一聲將大刀砍中她的頭，讓她無聲倒下。

雨依舊下著，海盜船搖搖晃晃，芙瑞達趕過來幫助洛蒂，抓住失去意識的山貓野爪的雙腿，將她像條濕手帕一樣甩到肩頭。

於此同時，梅樂一邊看守著氣瘋的三胞胎，一邊揮動手槍恫嚇他們。

最後，洛蒂走過來捆住三人，並把他們的武器丟進海裡，手無寸鐵的小嘍囉們被留在惡夢號上，洛蒂、芙瑞達與梅樂將山貓野爪帶入**安妮‧邦妮**的貨艙，那裡的味道就像發霉麵包和髒水。

山貓野爪被芙瑞達重重摔在木頭甲板上，洛蒂和梅樂取來鐵腳銬鎖住她。

「芙瑞達，把她弄醒！審問的時間到了。」洛蒂下令，雙手環在胸前。

嘩啦！一整桶海水澆在山貓野爪臉上，她邊咳嗽邊嗆醒過來，伸出爪子想抓洛蒂，洛蒂只是冷笑，看著她被沉重的鐵鍊扯住。

山貓野爪的眼睛瞇成一條縫，她大吼：「妳們會付出代價的！」

「妳為什麼跟著我們？」洛蒂不為所動的問，山貓野爪沒回答。

「芙瑞達，拿鉗子！我們得幫小貓咪修一下指甲。」洛蒂轉向芙瑞達，伸出手說道。

「妳們好大的膽子！」山貓野爪嘶嘶低吼，不停的扯動鐵鍊。

洛蒂臉上掛著幸福的微笑，兩眼發光，在樹林間晃盪。在幻想世界裡，她正審訊著敵人，但現實環境中腳步卻漸漸邁向森林深處，像夢遊一樣雙腿不自覺的穿過越來越茂密的枝椏。突然，她被一塊石頭絆了一下，她呆呆望向黑漆漆的地方。

「我在哪？」她緊張的說，環顧了一下四周，迅速轉身，發現這裡似乎是個洞穴，洞口在不遠處，那裡有微弱的光線灑落，再看回前方，黑暗中一對黃澄澄的瞳孔閃著亮光。

狼穴

洛蒂的心漏跳了半拍，她覺得自己全身僵硬，動彈不得。那是誰？那是什麼？一陣熱浪掠過身體，身上所有毛孔都開始冒汗。「快走！」她心中絕望的想，雙腿卻不聽使喚，只能眼睜睜看著那雙黃眼睛逐漸靠近。

一陣溫熱的呼吸突然迎面而來，她感覺自己的頭和耳朵被聞了聞，洛蒂就像播放慢動作影片一樣的速度，緩緩抬起頭，看見一對犬牙在眼前來回移動。

「妳到這裡來找什麼？」他發出威脅的低吼，每一個字都如同低低的回音，在洞壁間來來回回。

洛蒂嚇得縮成一團，腦袋一片空白，恐懼鎖緊了她的咽喉。她瞇起眼睛，好像這麼做就安全了。

有什麼冷冰冰、濕答答的東西碰到她的肩膀，洛蒂嚇了一跳，伸手去擋，爪子卻摸到濕淋淋的大嘴，她尖叫著抽回爪子。

「滾！」一聲怒吼傳遍洞穴。

洛蒂的腳又能動了，她向後退兩步，轉身跑出洞穴，卻被一根樹根絆倒，糟糕！洛蒂直直往前摔，雙手攤平趴在地上，她覺得全身都沒了力氣。

　　「拜託不要吃我！」她嗚咽的說，努力撐起四肢，終於站直後，洛蒂看見一隻全身雪白的狼，邁著無聲而輕快的步伐向她走來，洛蒂縮回發痛的膝蓋，頭埋到手臂下，全身都在嗚咽。

　　「別哭了，快回家，天已經快黑了。」狼說完，伸出爪子推了推洛蒂。

　　「我家在哪？」洛蒂低聲說。

　　「就在妳來的地方啊！」狼驚訝的看著她。

　　「但是我不知道我在哪？還有我家在哪？」洛蒂望了望枝椏濃密漆黑的無人森林。

　　「一隻不注意自己往哪走，而闖入陌生人家的小動物……還真可憐。」狼不高興的哼了一聲。

　　「是你家連門都沒有好嗎？！你才可憐！你這隻愚蠢的公狼！」這下換洛蒂不高興了，她一把拉下狼的耳朵並對著大吼。

　　「妳這隻小兔子怎麼能吼出這麼驚人的音量？還有，我是母的！來吧，我陪妳走一段路。」母狼別

開頭，臉皺成一團，一屁股坐了下來，驚愕的用前爪揉揉耳朵之後，起身向前走去。

洛蒂的膝蓋還痛著，但是她必須加快腳步才能跟上母狼，每次洛蒂快追上她的時候，母狼就會變得更快，保持一步之遙，敏捷的在樹根、石頭、枝椏間移動。

「她幾乎是用飄的！」洛蒂被吸引住了，很快她就無法維持這個節奏了，她改用一種愜意的步調，母狼雖然沒有轉身看，卻也立刻降下速度。

洛蒂心想：「她什麼都知道！」接著她大聲問：「妳怎麼做到的？」

「什麼？」母狼一邊說，一邊繼續快步往前走。

「就像現在這樣，一邊移動一邊注意所有事。」

「這個啊，這是狼族的祕密──狼視，每匹年輕的狼都要練習好幾年。」母狼沒有回頭的回答。

「狼視？怎麼做？」洛蒂好奇的接著問。

「狼必須完全專注，看到所有事物，聽到所有聲音，腦袋裡除了自己決定要做的事，不能想別的。」

「這我也做得到，不一定只有狼，我畫畫或和爸爸一起待在工作室的時候，我也會完全專注，不去想

其他東西。」洛蒂說道。

「哼！這很簡單，但是狼不只有在面對自己喜歡做的事能做到這樣，狼隨時都能！害怕時、疲累時、沒興趣時，狼任何時候都做得到！狼視一開啟，他就已經進入狀況，警覺、專注並且與任務合而為一。」母狼很不屑的說。

「嘿！母狼，妳可以教我狼視嗎？這對我上學會非常有用！」洛蒂試著邊走邊思考，沉默一陣子後開口問道。

「一隻會狼視的兔子？太可笑了，再過一百年妳也學不會。」母狼轉身，輕蔑的望著她說道。

「妳或許會狼視，但是妳太不友善了！也許這就是妳獨自一狼的原因。」洛蒂雙頰發燙，覺得母狼太過分了！她低聲說道。

母狼突然停下來，對洛蒂露出利齒，低聲發出威脅聲音。

「我不是那個意思。」洛蒂嚇得向後退。

「前面就是老橡樹的那片林間空地，到那裡妳就可以找到回家的路了。現在，從我的森林消失！」母狼目光陰沉的說完就迅速掉頭，小跑著返回樹林。

洛蒂望著她的背影，直到她的身影消失在枝椏間，母狼沿路都沒有回頭。

　　最後洛蒂回到家時，天已經黑了，媽媽正坐在兔子小屋前的長椅上，反覆看著手錶和遠方。

洛蒂很肯定自己一定又要被罵了，她緊張垂下耳朵，但是媽媽一看到她，卻立刻衝過來將她緊緊摟入懷裡，輕聲說：「妳終於回來了，我好擔心妳。」

　　「妳跑去哪啦？妳媽媽快擔心死了！晚餐都已經涼了！」就連爸爸也從門後探出頭關心的問。

　　「我今天留校，留了很久，然後我迷路了，我遇到母狼，她沒有吃我，她會狼視，我也想學狼視。」洛蒂簡直喘不過氣來，因為回家的最後一段路，她是用跑的。

　　「洛蒂，妳又在幻想故事，妳一定只是磨磨蹭蹭的走了半天，快進來！吃完飯趕快上床睡覺。」爸爸搖搖頭，

　　吃晚餐時媽媽仍舊不斷輕撫洛蒂的手臂，雖然已經很晚了，但洛蒂今天還是成功說服爸媽，在睡覺前一起玩一輪卡牌。

　　「狼視……」不久後洛蒂在溫暖的被窩裡低聲呢喃，她蜷縮在最愛的毯子下，那是媽媽為她織的。洛蒂開始幻想著自己在森林裡潛行，她警覺、專注、感官全開。

讓所有人感到驚訝的洛蒂

　　隔天早上，鬧鐘還沒響，洛蒂就睜開眼睛。這天早晨和平常不一樣，洛蒂覺得自己非常清醒，能感受到自己毛皮上柔軟又溫暖的被子，聽到小鳥在外面吱吱喳喳，她動動鼻子嗅了嗅，一股新鮮辮子麵包的味道飄入鼻腔。

　　「狼視，啟動！拿出內衣褲，拿出洋裝，穿上……像狼一樣，與任務合而為一！」洛蒂默默對自己說，起身走向衣櫃，她的目光牢牢盯著衣櫃裡的衣服，嘴裡輕聲唸著。

　　洛蒂以風速穿好衣服，正要抓起背包，鬧鐘在這時才響了起來。

　　「洛蒂，起床囉！」媽媽的聲音從廚房傳來。

　　「媽媽一定會很驚訝！」洛蒂邊想邊一次跨兩格跳下樓梯，瀟灑坐到餐桌旁的位子。

　　媽媽驚訝得下巴差點掉下來，就連爸爸也從報紙裡抬起頭，讚許的問洛蒂：「妳怎麼做到的？」

「妳已經準備好了，這樣真棒！這樣我們不用匆匆忙忙了！來吧！我來沖幾杯熱可可。」媽媽微笑說道。

「哈，我是第一個！」不久後，洛蒂抵達老橡樹，她暗自竊喜，偷偷的笑了，這是第一次她靠在樹幹上等待朋友們。

當看到從遠處而來的梅樂，她立刻躲樹幹後。梅樂搖搖擺擺的走過來，洛蒂突然從藏身處跳出來撲向梅樂，喉嚨裡還發出像狼一樣的威脅呼嚕聲，梅樂尖叫一聲就昏了過去，

「嘿！梅樂，是我啦！我只是開個玩笑，醒醒！」洛蒂嚇壞了，彎腰去看她的好友，並且試著用雙手把梅樂扶起來，但她太重了，每次洛蒂嘗試去拉她，鴨子長長的脖子就不受控制的晃來晃去。

「妳們在做什麼？」洛蒂身後傳來低沉的聲音，芙瑞達來了，她望著一動不動的鴨子，想也沒想，一把抓住梅樂的脖子，輕輕搖晃她。

「我嚇到她了，然後她就暈了過去。」

「我們等等再說。」芙瑞達說完，將梅樂甩到肩

膀上，和洛蒂一起趕往鴨子池塘，抵達後芙瑞達放下梅樂，抓著她的腳，把她的頭浸入冷水中。

「什麼？這是哪？」梅樂睜大眼，一邊咳嗽一邊嘎嘎叫的醒了過來。

「醒了。」芙瑞達說完，放下梅樂。

「永遠不要再這樣！妳永遠不能再這樣開玩笑！」梅樂的腿還有些站不住，差一點跟蹌跌倒，她憤怒的瞪著洛蒂說道。

「抱歉，感覺好點了嗎？」洛蒂一邊說，一邊用爪子輕撫梅樂的羽毛。

「我真的以為狼出現了，我要被吃掉了！」梅樂打了個冷顫。

「那隻狼啊，相信我，一點都不危險，而且她還是一隻母狼喔！我認識她！」洛蒂笑著，開始講述給朋友們聽，在無人森林裡的冒險。

「嘿，妳們期待今天的森林路跑嗎？希望我們能分在同一組！」快到學校之前，梅樂問道。

芙瑞達露齒笑了，就連洛蒂今天也興奮的想著學校的事，因為每次森林路跑，山貓老師都會在學校後面的森林裡藏玻璃彈珠。動物小朋友們帶著指南針和地圖，分組從一個地點到下一個，直到收集完所有彈珠為止，最後再由山貓老師統計數量。

「恭喜你們，所有彈珠都被你們找到了，每個人都可以得到一袋獎勵，裡面有蘋果、小麵包和巧克力！」幾個小時候，山貓老師對全班說道。

森林路跑結束後，三位好朋友帶著好心情，精神抖擻的回家了，洛蒂依舊說著她碰見母狼的事，以及她今天早上如何嘗試狼視。但是芙瑞達已經聽得有點膩了，只有沉聲應著：「啊哈！」和「嗯！」一邊看著路邊的蘑菇和石頭。梅樂什麼話也沒說，搖搖擺擺的跟在她們後面。

「嘿，怎麼了嗎？」一會兒後，芙瑞達轉身問梅樂。

「我只是在想，我今天早上運氣真好，妳把我浸到池塘裡，我的友誼手環其實是有可能掉進水裡不見的。」梅樂尷尬的看著地面，翅膀扭扭捏捏的哈哈大笑，接著偷偷看一眼洛蒂的手。

「糟糕！怎麼會發生這種事！我根本沒有拿下來啊！還是放在哪了？喔，不，被

93

梅樂發現的話，她會發瘋的，我該說什麼好？」洛蒂一邊咕噥一邊順著她的目光，立刻感到後背忽冷忽熱，不會吧？！友誼手環不見了！這想法迅速穿過她的腦袋。

「喔，妳們今天都有戴友誼手環啊！不怕森林路跑時弄髒嗎？我們要挖彈珠啊！」洛蒂試著保持鎮定，不讓人察覺異樣。

「不會啊，我都戴在耳朵上，梅樂的是戴在脖子上，不會弄到，不過也對啦，妳今天不要戴比較好，妳看妳的爪子有多髒！」芙瑞達搖搖頭。

「所以妳今天才沒戴嗎？如果妳不喜歡那條手環，可以跟我說，我不會生氣。」梅樂用審視的眼神看著洛蒂。

「我非常喜歡。」洛蒂試著安撫她，心裡同時想著：「我一定要把手環找回來，不然梅樂一定會責怪我好幾天。」

幸好，老橡樹已經出現在視線內，洛蒂得以迅速說聲「掰囉！明天見！」逃離這個窘境，她又一次跑著回家。那條友誼手環一定在某個地方！趁著爸爸媽媽今天都不在家，洛蒂邊想邊拉開抽屜，翻找衣櫃

和玩具堆，把所有書架上的書都拿下來，在一些奇奇怪怪的地方翻來找去。例如地毯下面、枕頭裡面、餐具抽屜，還拿手電筒去照浴室的排水管，又把屋前垃圾桶裡的垃圾倒出來，拿棍子在裡面翻找，但依然一無所獲，完全沒有手環的蹤影。

最後，洛蒂拖著腳步走進家門，回房間坐在床上呆滯的放眼望去，身旁是她製造出來的一團混亂，地板上到處都是衣服、書籍和玩具，抽屜被拉出來，所有東西都翻得亂七八糟……接著，她聽到家門發出嘎吱聲。

「哈囉，小兔寶，我們回來啦！」媽媽大聲說。

「你們去哪了？」洛蒂踩著重重的步伐走出房間，她很生氣，因為爸爸媽媽正巧在今天把她一個人留在家裡。

「買東西，我們跟妳說過了啊！」爸爸說完摸了摸她的頭。

洛蒂把頭轉向旁邊，看到媽媽匆匆走向廚房，瞥了一眼客廳後嚇得購物袋掉到地上。

「赫伯特！你看！我們家遭小偷了！」

「這看起來不像闖空門！洛蒂，是妳弄的嗎？」

爸爸立刻跑過來，看了接著轉頭詢問。

「我的手環不見了！我到處都找不到！」洛蒂哽咽的說。

「妳這孩子，真是翻得一團糟！我們今天早上才整理好！赫伯特，你也說點什麼啊！」媽媽搖著頭，雙手壓住胸口。

「誰弄亂的就誰整理！妳最好馬上開始收拾！」爸爸嚴肅的看著洛蒂。

「但是我的手環不見了！我明天需要！」洛蒂大吼，她的聲音變得尖銳刺耳。

「妳在混亂中什麼也找不到，這不是正常的嘛！如果妳再這麼健忘，妳會連妳的腦袋都弄不見！」爸爸搖搖頭罵道。

「現在連你也要開始罵我了！」洛蒂的眼裡浮現淚水，她哀號著跑回房間，關門前她還聽到爸爸生氣的吼聲：「我們就不能像一個正常家庭一樣，享受一個安靜的下午嗎？我要去工作室了。」

「洛蒂，妳說的是什麼手環？」幾分鐘後，洛蒂聽到走道上傳來腳步聲，房門慢慢的打開，媽媽鑽進來，避開房裡亂七八糟的東西，坐到洛蒂床上。

「梅樂送的友誼手環，如果我把手環弄丟的話，她會討厭我的⋯⋯」洛蒂哭著把發生的事告訴媽媽。

　　「妳最後一次看到手環是什麼時候？是不是昨天晚上拿下來了？」媽媽嘗試幫忙，但是洛蒂就是想不起來。

　　「妳昨天留校完回到家的時候，手上絕對沒有手環。」媽媽回想了一下。

　　「那就是在森林裡弄丟的，這樣一定找不回來了！」洛蒂開始啜泣，把頭埋入媽媽的毛皮裡。

　　「但是梅樂是妳的好朋友，妳們會合好的。」媽媽摟住她。

　　吃飯的時候，桌上一片安靜，洛蒂毫無胃口的撥弄她的香草千層麵，爸爸先吃飽了，他把盤子放進水槽後便快速說：「我要回工作室了，還有些工作要完成。」

「來吧，我們來洗碗，然後我們一起整理家裡。」媽媽說完伸手搭上洛蒂的手臂。

　　她們先一起整理了廚房，然後是客廳，媽媽還放了音樂，好讓兩人心裡感覺輕鬆些。一會兒後媽媽說：「現在還剩下妳的房間，然後我們就整理完了。」

　　「不能明天再整理嗎？」洛蒂嘆口氣。

　　「如果已經很亂了，現在就要整理好。」這時爸爸剛好走進門，腋下夾著兩個箱子。說完，率先走進洛蒂的房間。

　　「妳看，我幫妳做了兩個帶輪子的大木箱，一個放妳的玩具，一個放妳畫畫的工具，放好後塞到妳的床下就可以了，這樣又快又乾淨整齊。」

　　洛蒂站在那，不知所措的盯著亂七八糟的房間，爸爸說的話聽起來很容易，但她卻不知道該從哪裡開始下手。

「洛蒂，先把玩具找出來，再丟進這個箱子，我來幫妳。」

洛蒂心想：「找玩具，狼視開啟，與任務合而為一。」神奇的是腦袋已經很累了，即便要做的事很多，任務卻迅速順利的進行。

「用這個會更快。」爸爸不見了一下下，隨即就拿著一個雪鏟出現，他咧嘴笑著說。

洋裝收到衣櫃裡，書放回書架上，玩具和畫具都裝進床底的箱子，爸爸媽媽給洛蒂一個擁抱，然後唸完晚安故事之後送她上床睡覺。

洛蒂躺在床上，望著天花板，思考明天該怎麼向梅樂坦白手環弄丟的事，同時帶著明天最好生病，那就可以留在家裡的想法，直到精疲力竭才睡著。

隔天早上，鬧鐘響了，洛蒂滿身大汗的醒來，她的心砰砰的一直亂跳。昨晚她驚醒好幾次，在夢裡梅樂說要和她絕交，就連芙瑞達也失望的不想再和她做朋友。

「我怎麼會弄丟手環呢？我真是大笨蛋！」洛蒂很生自己的氣。

今早她沒再去想狼視，媽媽必須將她從床上硬拉

起來，洛蒂覺得自己像塊石頭一樣重，她猶如慢動作影片般的速度穿衣服，媽媽又開始不斷看錶。

「洛蒂，妳要遲到了！」媽媽提醒她。

洛蒂感受到媽媽的目光，但她卻興趣缺缺的慢慢嚼著穀片。

「妳現在如果不出門就會遲到喔，梅樂一定已經開始緊張了。」媽媽又警告她一次。

洛蒂用力嚥下最後一口早餐，無精打采的慢吞吞走向家門，壓下門把正想踏出去時，她看到地墊上有東西。她不敢置信的彎腰去撿，那是她的手環！真的是！這怎麼可能？它毫髮無傷的回到她身邊，洛蒂心頭的大石終於放下，不過，這是什麼？一根白毛纏在手環紫色的編織線上。

「是那隻母狼！她幫我把手環送回來了！」帶著輕鬆愉悅的心情，洛蒂踏上前往老橡樹的路。

麻煩大了！

　　洛蒂用最快的速度跑向老橡樹，快到她幾乎喘不過氣來，汗水沿著她的背向下流，她跑得頭暈眼花。然而，梅樂和芙瑞達卻不見蹤影。

　　「她們沒等我就先走了！」洛蒂生氣的踢了老橡樹一腳，握緊拳頭，重重踏著步伐走向學校。

「麻煩大了！」洛蒂立刻改用跑的，她咚咚咚的越過小橋，學校的鐘聲正好傳過來。她加速衝進大門，迎面撞上學校管理員山豬先生。

「小心！妳往哪跑啊！走廊上不能奔跑！」他呼嚕呼嚕的對洛蒂說道。

洛蒂終於到教室，她深吸一口氣，壓下門把，在山貓老師嚴厲的目光中低頭靠近位子。

「您改作文了嗎？」獾同學大衛舉手發問。

「改完了，我很高興，你們的作文如此特別，你們使用了許多有關性格的形容詞。」山貓老師微笑說。

山貓老師拿著一疊作文開始發，「大衛，非常好！莉維雅，很有趣的文章！特歐，寫將近兩頁，非常棒！芙瑞達，這是妳寫得最好的一篇，恭喜！」她停在洛蒂的桌前，「洛蒂，下課後留下來，我有話和妳說。」她邊說邊將批改過的作文放在桌上。

洛蒂發現梅樂好奇的偷看她的作文，她將稿紙拉向自己，迅速塞進書包，又不及格！她的胃縮成一團！

「最後還有妳，梅樂的文章寫得好極了，非常優

104

秀！」山貓老師說完，梅樂身上的羽毛全翹了起來，她自豪的接過作文。

「妳得幾分？」梅樂靠近芙瑞達問。

芙瑞達笑了，高舉著她的作文，用爪子指指那個紅色的粗體字「非常好」，以及旁邊的微笑太陽印章。

「太棒啦！芙瑞達！我還得到一個皇冠和優等喔！妳看我的皇冠！」梅樂嘎嘎的一邊說道，一邊從洛蒂腦袋後面將翅膀伸向芙瑞達，兩人擊了個掌。

洛蒂一動不動的坐在椅子上，瞪著自己的桌子，什麼也沒說，身邊圍繞著各種嘎嘎、嘰嘰、呱呱、咕嚕的說話聲。

「好了，親愛的孩子們，安靜一下！你們的作文真的寫得很好，尤其是梅樂，妳在文章中使用了二十三個形容詞，是全班最多的，可以請妳在全班面前讀一下妳這篇優秀的文章嗎？」山貓老師在一片吵雜中大聲說。

「什麼？我嗎？我唸嗎？」梅樂開心的嘎嘎叫。

「請到前面來。」山貓老師點點頭。

梅樂昂首挺胸，搖搖擺擺的走到前面，尾巴上的羽毛搖晃著，她轉身面向全班，咧嘴笑了起來，清清

嗓子後開始讀：「我叫梅樂，我的名字來自愛爾蘭，意思是明亮的、閃閃發光的大海。我是一隻十歲的鴨子，我生活的地方是一個寬闊的、滿佈睡蓮的池塘，我和媽媽以及六個頑皮又淘氣的弟弟、妹妹一起住在那裡，弟弟、妹妹們身上還只有軟軟的羽毛。我上學期的成績單上寫著，我是一個熱心助人、有責任感、細心又認真的學生。我媽媽也這麼說。我之所以認真負責，是因為媽媽在咖啡廳工作的時候，我就必須照顧弟弟、妹妹。我有好朋友，而且不只一個，她們是超級強壯的芙瑞達和愛做夢的洛蒂。身為朋友，我是個友善、真誠又有趣的人，朋友們可以告訴我任何事情。不過我也有缺點，例如說考試或報告我會很緊張，我希望自己可以勇敢一點。」

「太棒了！給我們的梅樂一點掌聲吧！同學們聽到哪些形容詞呢？」山貓老師誇獎後接著問全班。

「強壯、認真、責任感。」芙瑞達舉手回答。

「很好！馬文，你也想回答嗎？」

「對，滿佈睡蓮的、緊張、愛做夢的洛蒂。」小鼬鼠馬文說。

洛蒂用手抱住頭，這節課到底什麼時候結束？

「好，不過洛蒂不是形容詞。梅樂，妳可以坐下了。」山貓老師說。

「喔，好的，山貓老師。」梅樂彷彿剛從夢中醒過來一樣，走回座位時，她一直對著兩位好友笑，芙瑞達也報以微笑，同時比了個讚。

對洛蒂來說，這就是一個普通的上學日，她悶悶不樂的坐在椅子上，不時看看窗外，或者雙手抱頭，不斷偷瞄門上掛著的時鐘，指針幾乎沒什麼動。

到了第二節課的時候，芙瑞達輕輕敲了敲洛蒂的肩膀，低聲對她說：「抱歉。」洛蒂只是嘆口氣沒多說什麼。

「洛蒂，專心一點！還要我再重複一遍嗎？」她第二次被山貓老師警告了。是的，山貓老師必須重複，洛蒂察覺到好多眼睛看著她，但她不知道答案是什麼。終於下課鐘響了，洛蒂才慢吞吞的收拾，就在她想悄悄離開教室時。

「洛蒂，我說過我想和妳談談。」山貓老師擋在她的前面。

「要我們等妳嗎？」芙瑞達轉身問。

「沒關係，我可以自己回家。」洛蒂咕噥著，踏著沉重的步伐回到教室。

「坐下，洛蒂，我想談談妳的作文。妳是班上唯一不及格的人，我真的無法理解，我們不是花了兩個禮拜的時間學形容詞嗎？我的要求很清楚：盡量多用形容詞來描寫自己。而妳幾乎沒用什麼形容詞，而且也幾乎沒怎麼寫到妳自己，還有一大堆錯別字。其實我不想給妳這麼低的分數，但妳真的必須更努力！讓自己更專注！今天妳又是一整天心不在焉。妳和梅樂是好朋友吧，以許她可以幫妳，不是嗎？」山貓老師拉來一張椅子後說道。

洛蒂癱在椅子上，努力忍住眼淚，艱難的吞嚥口水，她眼前的山貓老師彷彿被一層薄霧籠罩，聲音聽起來猶如從遠方傳來，洛蒂聽到她大耳朵裡的血液汩汩流動，一股灼熱感蔓延全身。山貓老師不停的說，話語如同雨點般打在洛蒂身上，在她腦中盤旋不去。

「洛蒂，妳在想什麼？妳又沒注意聽了！」山貓老師邊說，邊拍了拍洛蒂的肩膀。

「我有試著去聽！但我總是做錯事，我做的事

永遠不會有人滿意！」洛蒂甩開山貓老師的前爪，用憤怒的目光瞪著她，說著說著，眼淚滑落她的臉頰。

「大家其實都想幫妳，但是妳自己也必須努

力。」山貓老師將椅子移動一下向她靠近。

「努力什麼？！」洛蒂很生氣，她雙手環胸，身體轉向另一邊。

「妳其實有聰明的頭腦，妳只是需要更專心。」山貓老師說。

「但是我沒辦法更專心了！我的腦袋總是會想到其他東西！你們總是要我更專心，起床時、穿衣服時、上課和寫作業也是，還有練習聽寫和整理家裡的時候，但是卻沒有人告訴我到底該怎麼做！」

山貓老師往後靠在椅背上，若有所思的看向窗外，撓了撓耳朵。

「我現在可以走了嗎？」洛蒂小聲嘟囔，伸手擦掉臉上的淚水。

「可以，明天見。」山貓老師輕聲說完嘆了口氣。

洛蒂推開校舍大門，一陣冷風捲起她的觸鬚，她深吸一口氣走出去。才走幾步，冷冷的雨珠啪啦啪啦落在她的毛皮上。

離開校園範圍後，她回頭望了一眼，只見山貓老師站在教室窗前，抬手朝洛蒂揮了揮。

是誰在無人森林裡徘徊？

　　雨滴劈里啪啦打在地上，泥土很快變成泥濘，洛蒂開始奔跑，匆匆越過小橋，避開水坑，同時不斷的擦去流進眼裡的雨水，「我的東西會淋濕的！」這個想法閃過腦中，她瞬間改變方向躲到樹下，穿過無人森林的邊界，這裡的樹冠特別密，雨水和陽光幾乎透不進來。

　　洛蒂甩了甩身體，在一塊長滿青苔的岩石上坐下，卸下背包看了看裡面，一邊心中想著還好躲得即時，一邊檢查她的書本和紙張，邊緣已經有點濕了，變得皺皺的。她丟下書包，身體蜷縮成一團，摩擦自己溼漉漉的毛皮，試著驅散冷意。她發抖同時抬頭看那層厚厚的樹葉，聽到雨滴叮叮咚咚打在上面。

　　洛蒂坐了一陣子就開始撕岩石上的青苔，一邊把青苔丟到地上，一邊想著「討厭的山貓老師，我最好把她……」的念頭，隨手又拔了特別厚的苔蘚，陷入自己的幻想世界裡：

「噢！妳會後悔的！」野爪尖聲大叫，用力拉扯身上的鐵鍊。

洛蒂輕蔑的看著手上那簇毛髮，這是她從山貓身上扯下來的，她像獻吻一樣將這簇毛髮吹到對方臉上，山貓的眼睛瞇成一條縫。

「回答！妳為什麼跟蹤我們？」洛蒂說。

「快說！快說！」梅樂嘎嘎叫，並揮舞她的配槍。

「因為我的海上沒有妳的位子！」山貓的爪子向前一抓，指著洛蒂說。

「妳的海？妳連艘船也沒有，妳的船員會很高興能夠脫離妳的，妳就在這裡腐爛吧！」洛蒂雙手抱胸俯視她的敵人。

洛蒂、梅樂和芙瑞達轉身爬上樓梯，鎖上艙口，她們依然能聽到俘虜拖動鐵鍊以及對著她們的背影大吼大叫的聲音。

「我們現在怎麼辦？我們應該拿她怎麼辦？」梅樂拍打著翅膀在洛蒂身邊轉來轉去。

「妳回瞭望塔上去。芙瑞達，妳去升帆，我們出發去骷髏島，我們要把這隻小貓咪丟在那裡。」洛蒂

一邊整理帽子，一邊分配任務。

「什麼味道？好奇怪！」芙瑞達動了動鼻子。

洛蒂也動了動鼻子，一轉頭就直接對上一雙琥珀色的大眼睛，嚇得她從石頭上滾落，掉在柔軟的森林地面。

「看吶！是誰又晃到我的森林來啦？」母狼說，用嘴鼻抵著洛蒂的腿，笑了起來。

「很好笑！」洛蒂嘟囔完拍掉毛上青苔和松針。

「哼？一隻心情不好的小兔子，如果在我的故鄉，妳早就被吃了。」母狼搖搖頭，一屁股坐下來。

「妳真的是北方來的？你們在那裡真的會吃其他動物？這是我朋友芙瑞達說的。」洛蒂瞪大眼睛望著她。

「這不是小孩該聽的故事。」母狼的眼神變暗。

「但是這是真事？」洛蒂很想知道答案。

「妳真的是我見過最好奇、最奇怪的兔子。」

洛蒂的大耳朵垂下，眼睛望向地面。

「這應該沒什麼好難過的吧？」

「才怪！就是因為大家都覺得我很奇怪，還有因為我什麼都不會！」洛蒂回道。

「妳會做夢啊！很少人會呢！」母狼微微一笑。

「但就是這件事所有人都不喜歡，他們只會一直勸我『不要再做夢了！專心一點！』就連妳也一樣說我『如果在我的故鄉，妳早就被吃了！』這種話。」洛蒂用四隻腳站立，舔了舔鬍鬚，模仿母狼的樣子後哼了一聲。

「嗚呼呼！」母狼發出一種混合著嚎叫與笑聲特別的聲音。

洛蒂不由得也跟著笑起來。

「妳很有趣！妳到底叫什麼名字啊？」母狼說完用爪子擦去眼角笑出來的眼淚。

「洛蒂。」

「我叫薩琪。說到做夢，妳必須找到對的時間，如此一來就會變得有意義。」

「有什麼意義？」洛蒂向母狼靠近些，在她身邊盤腿坐下後發問。

「很多狼都會長期練習狼視，直到他們忘記如何做夢，他們永遠專注在自己的任務上，只看得到眼前事物，只聽得到狼群首領的命令，而忘記了自己是誰。白日夢會讓妳看到許多可能性，可以說是一扇大門，它通往新的想法、妳的願望和感受，它能引導妳發現解決事物的方法，而且是那些從未有人用過的方法。」

「真的嗎？」洛蒂豎起耳朵。

「母狼不說謊！做夢是有意義的，但要在對的時候，狼視也是有意義的，也是要在對的時候。」

「什麼叫對的時候？」洛蒂問。

「這是個好問題，答案妳必須好好想一想。」薩琪說完後微笑轉身，消失在樹林間。

洛蒂驚訝的望著母狼的背影，心想著還來不及謝謝她關於手環的事。

森林裡一片靜謐，雨停了，洛蒂站起身，抓起書包往家的方向走。

地上到處都是水坑，洛蒂助跑後跳過第一個水坑，接著是第二個、第三個，最後

以一個大大聲的「啪嘰！」掉進第四個水坑裡。

　　她低頭看看自己，糟了，我的洋裝！棕色的泥
巴水從她身上滑落，她突然咯咯
笑了起來，就在她準備
再次助跑跳過其他水坑

時，她看到媽媽從遠處向她走來。

　　洛蒂對媽媽揮揮手跑過去，最後邊助跑邊喊：
「媽媽，妳看！」她一口氣越過
和媽媽之間幾公尺長的水坑，
「啪嘰！」掉進水坑裡。

「洛蒂！搞什麼啊！妳不是五歲！妳又跑去哪啦？」媽媽驚愕的看著女兒，身上的衣服變得溼淋淋的，臉上也濺滿泥巴。

「抱歉，我今天被留在學校了，山貓老師有話對我說，然後剛才下大雨，我不得不找地方躲雨，書包裡的東西才不會淋濕，然後我……」洛蒂窘迫的看著地面，她的腳直到膝蓋的地方都浸在水裡。

「喔？」媽媽用指尖提起洛蒂的書包，咖啡色的泥水從書包上往下滴。

「是真的，媽媽！而且我又遇到那隻母狼。」

「唉！洛蒂，又要講故事了。山貓老師剛剛打電話給我，跟我說了妳的作文，還有妳們談話的內容。」媽媽搖搖頭並咂咂嘴，她伸出一隻手放在女兒背上。

「我知道，我的爛成績。」洛蒂抬頭看著媽媽。

「山貓老師不是因為成績打電話來，她說她後來回想了一下妳們的談話，她覺得妳狀況不太好，然後我跟她說了我們每次都花很多時間寫作業的事。」

洛蒂拖著步子走在媽媽身邊，心情惡劣的將一顆小石子踢進水坑。

「山貓老師不希望妳總是花整個下午寫功課，她建議妳以後只要寫半小時，然後就可以去玩了。」

洛蒂不可思議的轉頭望著媽媽，眼睛瞪得大大的，她抓住媽媽的手，一陣暖意流遍全身。

道歉

洛蒂在淋浴間裡刷掉身上最後一塊乾掉的泥巴，陽光在這個時候再次透過浴室窗戶照了進來，她的肚子咕嚕咕嚕叫得好大聲。廚房裡，兔爸爸正把他那有名的爸爸牌酥皮餡餅「千層餅皮加蔬菜內餡」推進烤箱。

等到洛蒂嚥下最後一塊餡餅，心滿意足的打了嗝靠在椅背上，揉著小肚子，媽媽說：「我們今天就照著山貓老師說的做吧，功課只寫半小時，妳可以每十分鐘休息一次，妳要現在開始還是再休息一下？」

「我想馬上寫完，然後我就可以去畫畫了！」洛蒂鬆了口氣，她今天不用整個下午都念書了，她拿出還有些濕濕的作業本和課本放到餐桌上。

「妳最好用鉛筆寫，這樣就不會塗改得亂七八糟。」爸爸邊收拾餐桌邊提出建議。

媽媽坐到洛蒂身旁，在桌上放了個大鬧鐘，兩人一起翻看作業，討論該從哪樣開始寫。

「準備好了嗎？妳知道怎麼寫嗎？那就開始吧！」媽媽說著，按下鬧鐘。

　　「好，全神貫注！狼視啟動！與任務合而為一！」洛蒂默唸，看著國語作業本上的題目──圈出所有形容詞。

「圈出形容詞。」洛蒂口中唸著，手也動了起來，媽媽則在一旁邊喝咖啡邊看她的雜誌。

第一次休息的十分鐘，洛蒂聽了她最喜歡的歌；第二次休息的時候，她繞著兔子屋跑了三圈，接著開始做數學作業。當鬧鐘最後一次響起，洛蒂的算數作業還差一點點沒完成，洛蒂將筆放到一旁，媽媽開始檢查她的作業。

「可以休息了，今天做夠多了……哇，小兔寶！妳做了超過一半！妳從來沒寫這麼快又這麼專心過。」媽媽說。

$5 \times 5 = 25$
$36 : 6 = 6$
$8 \times 7 = 56$
$27 : 3 = 7$
$4 \times 8 =$
$42 : 6 =$
$9 \times 7 =$
洛蒂專心寫了30分鐘。
荷佳·蹦蹦

「可惜沒有全寫完，山貓老師真的不會罵我嗎？」洛蒂的心小小的雀躍了一下，一股暖意在身體裡蔓延開來。

「這樣就沒問題了。」媽媽一邊回答，一邊用鉛筆在數學作業上寫了一段話給山貓老師。

正當洛蒂和媽媽一起收拾明天的書包，門鈴響了，媽媽去開門。

「哈囉，我完全不知道妳們今天要來！可以呀，

洛蒂剛寫完作業，快進來！」

芙瑞達呻吟著擠進兔子屋的小門，梅樂拍著翅膀跟在後面。

「妳們怎麼來啦？」洛蒂驚訝的問。

「我們是來道歉的。」芙瑞達低聲說，雙腳不安的擺動。

「因為我們今天早上沒等妳就先走了。還有因為妳作文寫不好，我們沒有安慰妳。」梅樂扭捏著翅膀，小聲說道。

「我們真的很抱歉！另外下課後妳被山貓老師留下來談話，我們至少也該等妳一下才對。」芙瑞達補充道。

「沒關係。」洛蒂輕聲說。

「我們準備禮物向妳道歉，是我們自己動手做的喔！」梅樂激動的搖搖屁股，她昂首闊步走進客廳，芙瑞達跳舞般的跟在後面，一邊閃避家具，一邊即時扶住被她側腹碰倒的落地燈。

三個好朋友舒服的窩在客廳裡，芙瑞達小心翼翼坐在沙發上，沙發傳來令人擔憂的嘎吱聲，她從包包裡像變魔術一樣拿出一個大紙捲，梅樂解開紙捲上的

蝴蝶結，伸出翅膀一揮，紙捲在桌上攤開。

「謝謝！」洛蒂彎腰看這個作品，一臉欣喜的對兩位好友道謝，她一邊仔細欣賞這幅畫，一邊笑了起來。

「我們把妳的耳朵畫得有一點太長了。」梅樂用羽毛擦了擦畫，不好意思的說。

「我們盡力了，因為妳比我們會畫畫，美勞也是。」芙瑞達露齒笑了。

「我覺得這張畫很棒啊！我們等一下就把它掛到我的房間裡！」洛蒂聳聳肩，她像對待寶貝一樣，小心翼翼的用爪子拿起這張大海報。

睡蓮池塘

　　過沒多久，三個好朋友就被外頭的陽光吸引，決定一起去學校旁邊的睡蓮池塘游泳，她們班的小鼬鼠馬文和獾大衛已經在水裡扭打成一團，兩人互相把對方的頭壓到水裡。

　　「不可以在池塘吵鬧！」學校管理員山豬先生大吼。

　　山豬太太和他一起躺在棧橋旁邊曬太陽，她搖搖頭翻了個白眼，繃緊神經，繼續瀏覽她的雜誌。

　　「看誰先下水！」芙瑞達對另外兩人大喊後衝了出去，她的喊叫聲震耳欲聾，縱身一躍從棧橋上跳入池塘，嘩啦！水噴了好幾尺高。

　　「不可以讓池塘水到處亂噴！」山豬先生一邊大吼一邊揮舞爪子警告。

　　山豬太太嘆口氣，蓬亂的毛皮開始滴水，雜誌已經濕得像條抹布。

　　「對不起，真的對不起，對不起！」梅樂嘎嘎

的說完後，並小心翼翼滑進水裡。

山豬夫婦一邊咒罵一邊搖頭，等收拾完離開走了一段距離後，洛蒂還能聽到山豬太太生氣的罵：「想在下班後享受一下，結果卻搞這齣，我那個時代可不會這樣！現在的孩子都不懂得尊重別人。」

洛蒂咧嘴笑了，頭朝下跳入池塘去找她的朋友們。她們在水裡追來追去、潛水找石頭、為彼此最瘋狂、最有趣的跳水姿勢打分數。遊戲結束後躺在太陽下晾曬自己的毛。

「噢。」芙瑞達突然翻身改成趴姿。

洛蒂轉頭一看，三隻芭蕾班的天鵝，沿著小路趾高氣昂走了過來。她們很漂亮，羽毛雪白的發光，伸長脖子優雅的邁著整齊的步伐，像被按下開關一樣，三人同時舉起一邊翅膀揮了揮。

「芙瑞達，她們走過來了。」梅樂低聲對她說完後，推一推她。

「哈囉，芙瑞達！」幾個天鵝女孩飄過來，走在最前面的那隻一邊說一邊朝她笑了笑。

「妳為什麼不來練芭蕾？」第二隻天鵝問。

芙瑞達嘟噥了幾句有關新芭蕾老師——孔雀老師

的事，沒有看天鵝們一眼。

「哎呀，芙瑞達，我們好想妳！妳一定要回來啊！」第三隻天鵝說，其他兩隻也拼命點頭。

「但是孔雀老師不想讓芙瑞達加入啊！」梅樂坐起身，雙翅環胸的說。

「太過分了！別被她打敗了！我們的演出需要妳。」天鵝們歪著頭，驚愕的望著芙瑞達。

「我不知道，我再想一想。」芙瑞達低聲說，蘆葦稈在手中滾來滾去。

「再六週就要演出了，拜託，快回來！」天鵝們道別過後就先離開了。

狼視與白日夢

「我們要不要去吃點冰淇淋？」梅樂問。

三人朝著村子裡的冰淇淋店走去。一會兒後她們坐在噴水池邊緣品嚐冰淇淋，芙瑞達享受著她的五球蜂蜜冰淇淋，洛蒂的特酸檸檬羅勒冰淇淋好吃到她抿緊了嘴。

「妳們不要吃吃看嗎？真的很好吃喔！」梅樂已經是第三次問了，還將她的蝸牛黏液醬冰淇淋甜筒遞到洛蒂面前。

「我在這裡就聞到味道了，真的不用。」洛蒂噁心的搖搖頭、芙瑞達的臉也扭曲了。

「嘿，芙瑞達，剛才，那些天鵝希望妳一定要參加，妳不覺得……」洛蒂的腳靠在噴泉粗糙的石壁上晃著，她嘴裡含著東西問。

「不！如果那個討厭的孔雀老師認為我不適合參加，那我就不參加！我們現在可不可以聊點別的？」芙瑞達發出低吼。

冰淇淋店前，山豬夫婦坐在一張桌子邊，默默的觀察三個小朋友，不過兩人面前的冰淇淋杯太高了，高到他們必須歪著頭才看得到。山豬先生將一整球帶鮮奶油的冰淇淋餵到山豬太太嘴裡，她一邊吃著一邊滿足的發出呼嚕呼嚕的聲音，還時不時趴在桌面，讓山豬先生輕搔她那身蓬亂的皮毛。

「對了，我今天放學又遇到母狼了，她嚇了我一大跳……然後她告訴我必須思考看看，什麼時候做夢會有意義，而且要隨時從夢中醒來。可是我不懂做夢

會有什麼好處呢？」洛蒂開始向朋友敘述她的遭遇，三人輕輕推來擠去的笑著，芙瑞達和梅樂興致勃勃的聽著。

「噴水池不是用來讓人坐的！」就在這個時候，山豬先生對她們大吼。

洛蒂、芙瑞達、梅樂同時翻個白眼，但還是站了起來，反正她們也該回家了。沿路上他們熱切的討論著狼視在什麼時候最有用，以及白日夢何時能帶來好處。

隔天早上，比平時出發去學校的時間還要更早一點，三人在路上碰面後，洛蒂帶她們去看前一天遇到母狼的地方。在無人森林的邊界，青苔巨石的旁邊，她們將一張給薩琪的海報釘在杉樹上。

「不知道她看到那張海報沒？希望她不會覺得我們寫的東西很無聊！她喜歡那些圖嗎？她會回應嗎？」在學校裡，洛蒂幾乎無法專心聽課，她的思緒不斷飄向那匹母狼。

下課鐘響的同時洛蒂已經收好書包，她催促好友們動作快一點。洛蒂和芙瑞達在前面跑著，梅樂在後面搖搖晃晃追著。

狼視

使用狼視的時候我和任務合而為一，注意力集中在我全部的意識上，完全的心無旁鶩，任何人、任何事都無法干擾我。

狼視非常有用，我會使用在：

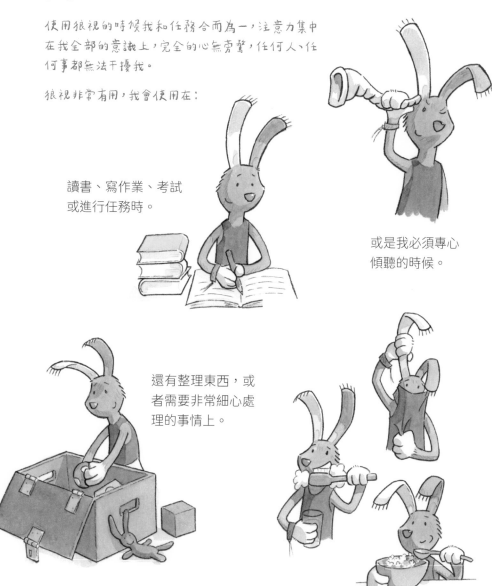

讀書、寫作業、考試或進行任務時。

或是我必須專心傾聽的時候。

還有整理東西，或者需要非常細心處理的事情上。

又或者我必須按順序做多件事，而且不可以忘記（例如：早上時間不多，要換衣服、吃早餐、刷牙等，或是從學校把所有寫功課需要的簿本帶回家、在學校完成每週計畫……）

白日夢

做白日夢的時候，我會讓我的思想四處漫遊，
脫離此時此地，進入幻想世界。

白日夢非常有用，我會使用在：

也會是我有空閒而
且想放鬆的時候。

有個問題無法解決，我需要
有些新點子的時候。

或是我需要創造力來做事的時候，
例如：安靜的畫畫或創作故事。

還有我想記住某些事情，在腦
袋中把它完整想像出來，就像
一幅畫或一部影片。

又或者我想像某些未曾發生
的事情或並不存在的東西。

「等一下！不要那麼快！等等我啊！」梅樂嘎嘎叫道並大口喘氣著。

她們終於又來到無人森林邊界，那張海報已經不見了！但是那個佈滿青苔的大岩石上，有張紙被壓在一塊小石頭下——是一只信封，上頭用漂亮的字體寫著「洛蒂」。

洛蒂的心蹦蹦跳著，她拆開信封，迅速瀏覽一遍，用閃閃發光的眼睛對著兩個好友露出笑容。

「信上寫了什麼？也讓我們看看吧！」梅樂一邊嘎嘎叫，一邊繞著洛蒂轉圈圈。

芙瑞達從洛蒂手中抽走信，嚴肅的唸起來：

狼視練習邀請函
時間：星期一放學後
地點：這裡
請準時！
薩琪

狼視練習

　　星期天晚上，洛蒂躺在床上，心中對星期一充滿期待，只要睡醒後就能夠開始狼視練習了！藉著月光，洛蒂看著舅舅送她的**三桅帆船**，她笑著對自己說：「睡吧，明天要元氣滿滿喔！」她心中一邊想，一邊在床上翻來覆去。

　　「凹——嗚！」突然，窗外傳來遠方的嚎叫聲。

　　「晚安，母狼。」她輕聲說完後便進入夢鄉。

　　隔天放學後，洛蒂和好朋友們一起走在小橋上，她不只感受到自己的心臟加速亂跳，還能感覺到梅樂緊張的目光，她已經問洛蒂同一個問題第五次了：「妳真的確定……非常確定，母狼不會吃了妳嗎？」

　　「如果她會的話，洛蒂早就被吃掉啦！」這個時候，芙瑞達插了句話進來。

　　「妳真的確定不用跟妳一起去嗎？我們可以保護妳啊！」不過梅樂還是繼續喋喋不休。

　　她邊說邊像個小拳擊手一樣跳過來跳過去，揮著

翅膀拍打，芙瑞達和洛蒂轉頭
交換了一個好笑的眼神。

「來吧，梅樂，我們要
走了。」三人來到無人森林邊

界，芙瑞達說完後立刻給洛蒂厚實的熊抱。

「祝好運！妳一定要把所有的事情完完整整告訴我們喔！所有細節喔！」就連梅樂也展開翅膀靠近並輕聲叮嚀。

洛蒂點點頭，也抱了抱梅樂。

洛蒂走進無人森林，乾枯的樹枝在她腳下發出咔嚓聲，空氣中瀰漫著青苔、樹脂與泥土的味道，光線越來越暗，洛蒂瞇著眼睛直到適應昏暗為止。

薩琪就在那，威嚴的端坐在大岩石上，用她琥珀色的眼睛凝視洛蒂。

「我現在能做什麼？我該說什麼呢？」她的身體好像在發癢，心臟又再一次狂跳。

「準備好了？」薩琪起身，靈巧的滑下岩石。

「準備好了！」

「首先，一隻狼必須完全專注在當下，這樣的感官會變得敏銳。」母狼歪著頭，緊緊盯著洛蒂，薩琪指指大岩石，請洛蒂坐下。

洛蒂向上跳兩步，盤腿坐下。

薩琪繼續說：「給自己一點時間，讓自己全心全意投入此時此地，專注在自己的身體上，感覺身體哪

裡接觸到地面？妳坐著的大石頭是什麼觸感？妳的毛皮哪裡碰到青苔？感官完全放開，好好的感受一切，也許閉上眼睛會有幫助。現在，把妳的注意力集中到後腳上，專心去感覺雙腳是冷還是熱，當妳的注意力慢慢往上移動時，妳有什麼感覺？往上到膝蓋，沿著大腿上升到肚子……停留一下，去感覺肚子在呼吸時如何上下起伏，繼續往上到妳的胸腔、肩膀，是什麼感覺？妳的前腿呢？妳的爪子放在哪？繼續讓妳的注意力上升到脖子……然後是頭，一邊注意小細節，舌頭什麼感覺？舌頭碰到門牙的哪裡？慢慢來。現在，妳可以感受到從爪子到耳朵，也就是妳全身的每一根纖維組織。」

「風在搔我的觸鬚。」洛蒂從未像這樣感受過自己的身體，她感覺有道暖流舒服的流遍身體，她咯咯笑了起來。

「這樣很好，現在妳已經完全專注在自己身上了。接著注意妳的呼吸，用鼻子吸氣、再呼氣、吸氣、呼氣、吸氣、呼氣，如果腦袋裡冒出什麼念頭，妳可以讓它們像天空裡的白雲一樣飄遠，然後繼續專注在呼吸的動作。哪裡最可以感覺到起伏？呼吸時哪

個部位在活動？吸氣……呼氣……」

「我們現在要讓妳的感官變敏銳，先將注意力集中在鼻子上，妳聞到什麼？」薩琪低語詢問。

洛蒂的眼睛仍然緊閉著，她聞了聞空氣中的味道，抽動鼻子，她明顯感覺到母狼的味道，很刺鼻，很濃、很烈。很快又有其他味道混進其中，那是溫暖的樹木以及腐爛落葉的味道，她甚至覺得自己聞到野菇的味道。

「森林裡有好多味道。」洛蒂很驚訝。

「是的，只要願意多花點時間。我們接下來要來訓練妳的聽覺，閉上眼後只去注意妳聽到什麼，包括任何一點微小的聲音。」薩琪輕聲說。

洛蒂豎起耳朵，起初森林似乎一片死寂，安靜到洛蒂幾乎開始覺得無聊了。

「專心……妳聽到什麼？」

她默默對自己說，有了！有一根折斷的樹枝發出聲響，還有她聽到的不是遠方傳來的咕咕聲嗎？洛蒂把耳朵對準四面八方，現在她聽到小溪的潺潺流水聲、風吹過樹葉的沙沙聲、她自己的呼吸聲、一隻大黃蜂嗡嗡飛過的聲音。

「森林裡有好多聲音。」洛蒂很驚訝。

「是的，只要願意靜下來傾聽。」薩琪輕聲的說，「現在輪到眼睛了，張開眼看看妳的身邊，告訴我看到什麼。」

洛蒂睜開眼睛，感受到周遭的一切比以往更加清晰、更加明確，身邊的環境、味道、聲音、自己的身體，她完完全全專注其中。在森林裡看了一圈，她細數著不一樣的事物：松果、毒蠅菇、一根腐爛彎曲的樹枝、樹根和被遺棄的鳥巢。

「這是第一課，狼必須學習專注在一件事物上，從他聽到的、看到的、感覺到的、或者他的任務。回去好好練習，妳有一週的時間。」薩琪繞著大岩石走一圈，接著她就消失在森林裡。

洛蒂盯著她的背影很久才動身回家。

接下來一整週，洛蒂都在練習薩琪教她的東西，她坐在石頭上或是草叢中獨自練習。

她也展示給梅樂和芙瑞達看，如何將自己的心神集中在一件事物上。

洛蒂傾聽著芙瑞達深沉、綿長的呼吸，此時的梅樂正在不斷的嘎嘎叫道：「我好了！接下來呢？」

週四，洛蒂做了比較困難的練習，她坐在廚房裡對著功課閉上眼睛，讓感官變得敏銳。

「我的身體有什麼感覺？從爪子到耳尖？我的哪裡感受到與椅子接觸？吸氣、呼氣……我聞到什麼？我聽到什麼？」她張開眼睛，環顧廚房，接著深吸一口氣進入肚子，再呼出，告訴自己：「狼視啟動，開始吧！」按下鬧鐘並開始第一項功課。

她今天連媽媽走進廚房都沒發覺，直到媽媽將一盤紅蘿蔔脆片放到她面前，對她微笑說：「洛蒂，休息一下吧。」她才從作業本裡抬起頭。

來找我！

　　星期一到了，洛蒂一邊越過無人森林邊界，一邊在心中想著：希望她會來，但是大岩石上卻沒有人，薩琪不見蹤影，洛蒂靠在冰冷冷的大岩石上等待，後腳在林地上畫著圈，「她在哪啊？還是她以為我們今天沒有要見面？」

　　洛蒂抓起一顆松果丟向坑坑洞洞的樹幹，隨著一聲悶響，松果從樹皮上彈開，掉落在柔軟的林地上。咦？那是什麼？洛蒂細看樹幹上有爪痕！她靠近看：「用妳的感知來找我！」

　　「妳等著！薩琪，我會找到妳的。」洛蒂眼裡發光，咧嘴笑著說完並豎起耳朵傾聽，動動鼻子聞聞空氣，啟動她的狼視，緩慢而專注的觀察灌木

叢、林地、岩石與樹枝。

在那裡！那裡有剛折斷不久的嫩枝，洛蒂仔細查看嫩枝並觀察它周遭的一切事物，在一棵倒下的樹後發現了腳印。

「啊哈！她從這裡跳過去！」那棵灌木上掛著什麼東西？一撮白毛！洛蒂又發現許多線索，直到薩琪的足跡突然消失，她緊張的觀察每一個細節，卻什麼也沒發現。

「別忘了妳還有其他感官！」洛蒂想到後開始到處聞，突然一股刺鼻的味道衝入她的鼻子，她循著味道又發現了新的線索。

「她在這裡？！」找到另一個腳印！這個足跡引著洛蒂離開無人森林。

「奇怪，前面就是老橡樹了啊！」洛蒂仔細查看灌木叢，竟看到某個白色的、毛茸茸的東西在樹幹後閃著光芒，她立刻大叫：「找到妳啦！」

「妳的感官更敏銳了，妳準備好進入第二課了。」薩琪轉身面對洛蒂，仔細打量她後點了點頭。

洛蒂感覺到心跳加速，她驕傲的告訴薩琪，自己整週都在練習狼視，甚至連寫功課的時間也不放過！

「只有在學校的時候沒辦法練習，今天早上我又被山貓老師罵了，因為我沒有專心聽她說話。」

「妳學得很快，但是妳要有點耐心，狼在完全掌握狼視技巧前需要練習好幾年呢！」母狼笑了。

「妳現在要教我第二課了嗎？」洛蒂問。

「第二課！狼會認清任務是什麼，而且緊盯著目標不放。」薩琪表情嚴肅的說。

「認清任務、緊盯著目標不放……」洛蒂若有所思的捻著觸鬚並低聲說。

「明天到學校試試，然後我們在這裡碰面。」薩琪認真的盯著她。

於此同時在鴨子池塘，梅樂正搖晃著越過草地。

「嘿，梅樂！」洛蒂叫道，她終於可以向梅樂介紹薩琪了！

「這是我最好的朋友之一。」洛蒂邊說邊伸出爪子去碰薩琪，但卻抓了個空。

不久，洛蒂與梅樂坐在老橡樹下，洛蒂告訴她狼視第二課的內容：「認清任務並且緊盯目標不放。」

「我覺得很棒！這和我的方法很像，明天我告訴妳怎麼做！」梅樂興奮的拍打翅膀脫口而出。

薩琪的秘密

「吱——嘎！」山貓老師的爪子刮過黑板，又留下淺淺的爪痕，全班嚇了一跳，立刻安靜下來。

老師將新課題「池塘與小溪」寫在黑板上，洛蒂用手撐著下巴，心不在焉的看向窗外，梅樂突然輕推她一下。

「現在，看黑板！用耳朵聽！寫下來！下課後我會問妳山貓老師講了什麼。」梅樂小聲對她說。

「對啊！緊盯著目標不放，認清任務！」洛蒂甩開她的白日夢，輕聲唸。

梅樂笑著看看她，眨了眨眼。

「妳們兩個，安靜！」山貓老師皺著眉頭怒吼。

洛蒂低下頭，翻開本子，在第一行寫下課題並抬頭盯著山貓老師。不久後，山貓老師在全班的桌上發下一張學習單。洛蒂拉了拉自己的友誼手環，呆呆望著空中，完全沒注意到其他人已經開始動筆了。

「看學習單，看看題目，緊緊盯著妳的目標不

放。」梅樂伸出翅膀戳了戳她的肋骨。

　　洛蒂努力控制自己，身體重心放在椅子前緣，端
正坐姿並同時啟動狼視。她專注的看題目，一題接著
一題回答。

「呼，做完了！累死人了！」完成學習單後她邊揉眼睛，心中邊這麼想。

下課鐘響了，洛蒂正想離開教室，山貓老師卻突然喊她的名字，讓她嚇了一跳心想我又做了什麼嗎？

但是山貓老師臉上那是⋯⋯是⋯⋯笑容？！真的是笑容！

「妳第一節課很專心，繼續保持。」山貓老師說完，轉身去擦黑板。

不知為何，洛蒂覺得今天的上課時間過得比以往都快，放學後她開心的和好朋友們一起跑回家。到了老橡樹旁，和梅樂、芙瑞達道別後，洛蒂舒服的坐在一根樹根上，啃她中午沒吃完的蘋果。梅樂和芙瑞達從視線中消失沒多久，薩琪就從灌木叢裡溜了出來。

「我完全像隻狼一樣專心聽課！而且山貓老師也發現了！但是我只在第一節課做到，這真的很累人！」洛蒂驕傲的說。

「是啊，狼視就像肌肉，當妳去使用它，妳就會覺得累，但如果妳越加強訓練，妳的狼視就會變得越厲害，妳也會越覺得輕鬆。」薩琪點點頭。

「那朵雲看起來像一隻烏龜，這朵像一艘大

船！」洛蒂向後倒向草地，手枕在脖子下，望著雲朵。

「對我來說看起來就只是雲而已，哪裡像船？」薩琪坐在橡樹的陰影下，努力看著天空。

「這是兔視！」洛蒂笑著說。

「薩琪，芙瑞達說，狼都是成群結隊的，那妳的家人呢？」她猶豫了一下，清清嗓子後說道。

「他們在北方。」薩琪的視線越過她，目光凝滯，咬牙切齒擠出一句話。

「但妳偶爾會去看看他們吧？」洛蒂追問。

「我不屬於那裡，如果他們找到我，會把我殺掉。」薩琪直直盯著她說。

骷髏島

「如果他們找到我，會把我殺掉。」薩琪的話在洛蒂腦中揮之不去。

雲朵在空中飄過。

「妳還不準備回家嗎？」薩琪問。

「我和爸爸約在村子裡吃午餐。」洛蒂回答。

兩人道別後，約好下週一在老橡樹這再見。

去餐廳的路上，洛蒂經過河狸堤壩，陽光下的流水閃閃發光，洛蒂默默的笑了，心想著幻想和現實融為一體。並開始幻想：

「下錨，放小艇！我們上岸！」洛蒂大聲喊。

她們眼前矗立著骷髏島，陡峭的岩石高高聳起，沙灘上環繞著棕櫚樹，大海平靜清澈。

滿面愁容的山貓野爪被綑綁著送上小艇，洛蒂整理好帽子和佩刀，在靴子裡塞了把匕首。所有人都坐上小艇後，芙瑞達操作滑輪，將小艇放入水中，接著

抓住槳奮力往沙灘的方向划去。

「妳們看，有魚！那裡！珊瑚礁那邊有一整群，連獅子魚都有！」梅樂嘎嘎叫道。

小艇繼續划向沙灘。

「太漂亮了！真的太漂亮了！這裡其實沒很糟嘛！」梅樂驚訝不已，她對著山貓野爪說。

「妳們根本不知道這裡是哪裡！」山貓野爪嘶吼，手緊握成拳。

「是椰子！快來，我們摘一些回去，椰子很好吃喔！」但梅樂依舊開心的喋喋不休。

「我們也可以帶一些淡水回去。」芙瑞達說完將山貓野爪往前推了推。

「好吧，我們把她綁在前面那塊大岩石旁的棕櫚樹上，然後去找食物。」洛蒂說。

「噢！這是什麼？」當她們走近大岩石時，有個尖刺穿過靴子，扎進洛蒂的爪子讓她大叫出來。

「是骨頭，妳們看看四周！」山貓野爪說。

果然！大岩石周遭堆積如山的白骨，有肋骨、不同動物的頭骨、下顎骨、大腿骨。

「咚，咚咚！咚，咚咚！」突然從四面八方傳

來鼓聲，而且越敲越快。

「這是什麼？」芙瑞達晃晃身體。

「洛蒂，我們走吧。」梅樂緊張的說。

鼓聲突然停止，緊接著一聲刺耳的呼嘯嚇得大家跳起來。洛蒂抽出佩刀，芙瑞達將地上的一棵小棕櫚樹連根拔起，像棍子一樣抓在手裡。

樹木發出窸窸窣窣的響聲，一塊大岩石上方有如雨點般落下小石子，兩株灌木中間瞬間閃出一塊灰色的皮毛，海盜小姐們立刻轉身環顧，她們周圍的岩石上忽然聚集了一大群狒狒。他們咧開嘴，露出又尖又長的犬齒，吱嘎亂叫、亂吼、亂吠，陰沉的臉上塗著紅白相間的戰士彩繪，低頭望向洛蒂。

「有肉！有肉！有肉！」他們用長矛一邊敲打岩石一邊大喊。

在最高的岩石上，狒狒頭目用他紅通通的屁股端坐著，濃密的落腮鬍中露出一串鳥頭骨製成的項鍊，「歡迎來到我的島！妳們可以留下來吃飯！」他大吼後接著便怪笑起來，其他猴子也跟著大笑。

「幫我鬆綁，光靠妳們打不贏！」山貓野爪一說完，洛蒂想也沒想，揮刀割斷繩索。

梅樂的鴨嘴發出咯咯聲，翅膀和膝蓋都在顫抖。

「弄些吃的給我！」狒狒頭目尖聲大喊，他的項鍊發出喀啦喀啦的聲音。狒狒從大岩石上跳下來，一支長矛同時飛來，芙瑞達立刻高高舉起棕櫚樹即時擋下攻擊，長矛插入木頭後不斷抖動。

「接著！」芙瑞達大喊並拔出長矛，丟向山貓野爪。

狒狒們咧開大嘴衝向海盜小姐們，洛蒂原地一滾，在刺來的長矛中潛行，並用刀砍斷長矛。

梅樂靠著有力的翅膀飛上一棵棕櫚樹，眼睛睜得大大的，尖聲大叫著向下投擲椰子，攻擊爬上樹的狒狒，她一個接著一個打中他們的頭，被打得頭暈轉向的狒狒們像過熟的蘋果「噗通，噗通！」從樹上掉了下去。

芙瑞達用棕櫚樹幹攻擊敵人，狒狒們向左或向右飛了出去，掉落在沙灘、石頭和骨頭堆上。這裡的狒狒太多了，不斷有狒狒向芙瑞達衝來。一隻狒狒跳上芙瑞達的背，在她的肩膀上咬了一口，芙瑞達慘叫一聲，抓住那隻狒狒，用力將他丟向湧來的狒狒群。

山貓野爪旋轉她手上的長矛，以迅雷不及掩耳的

快速動作攻擊狒狒們的小腿、屁股和手臂。

狒狒們哀號慘叫，卻不肯放過她們，一根棍子打中山貓野爪的額頭，她頭暈眼花的踉蹌一下，倒了下去，就在此時，一根長矛直直刺向山貓野爪的眼睛，鏗鏘！洛蒂在關鍵時刻用佩刀撥開長矛，那根長矛擦過山貓野爪耳邊之後插入沙子裡。

山貓野爪滾向一旁，一把抓起洛蒂靴子中的匕首，踢了另一隻狒狒一腳。戰鬥依舊繼續，洛蒂和芙瑞達背靠背站在一起，絕望的抵擋長矛攻擊，梅樂因為害怕而吱嘎亂叫。

那山貓野爪呢？她彎腰躲在一棵灌木後面，神不知鬼不覺的悄悄溜走。

「懦夫！」洛蒂用眼角餘光看到這一切，她的手臂灼痛，就連芙瑞達的動作也越來越慢，她們無法再堅持多久了。

「住手！」大岩石上的狒狒頭目大喊，狒狒群立刻停手，不可思議的往上看，

只見頭目後面站著山貓野爪，她箝制住頭目的脖子，匕首抵在他肚子上。

「放下武器！」野爪高聲喊，匕首更用力的抵向狒狒頭目肥嘟嘟的大肚子，頭目吱吱亂叫，啪的一聲雙手趴到地面上，狒狒群立刻丟掉手中長矛。

「回船上！」山貓野爪拖著她的俘虜，小心翼翼的從大岩石退往小艇，她對洛蒂和芙瑞達喊完後她們立刻跑過來，左右護衛著，梅樂也同時拍著翅膀在她們後方。

她們在怒吼與齜牙咧嘴的狒狒們包圍下，向小艇方向移動，每當有狒狒靠得太近，山貓野爪就會刺頭目一下，讓他亂叫。

她們就快成功了！芙瑞達把小艇推回水裡，她們帶著俘虜一起回到**安妮・邦妮**，沙灘上的狒狒群生氣的尖聲怪叫，敲打胸部，瘋狂的跳來跳去。

回到海盜船後，野爪帶著狒狒頭目來到船頭，用力在他肥肥的紅屁股上踢了一腳，把他踢下海。海盜小姐們精疲力竭的坐在甲板上，看著狒狒頭目瘋狂揮動手腳往陸地上游去。

「走吧！」洛蒂嘆口氣，努力站起身。

山貓野爪伸出她的爪子，芙瑞達與她擊掌，讓山貓野爪拉她起身，她們一起收起船錨，揚起船帆。

　　海盜小姐們在海上航行了兩天兩夜，最後惡夢號終於出現在地平線那頭，用它那面已經破破爛爛的船帆緩緩漂著。松鼠瘋狂提拉正將剩下的船帆縫在一起，生氣的獨眼獾用鎚子、釘子與木板修理船身，而他的兩個兄弟則在甲板上打成一團。

　　「有一堆事等著，但我相信我們辦得到。」山貓野爪靠向洛蒂輕聲說，伸出爪子與洛蒂握了握。

　　洛蒂熟練的將**安妮・邦妮**靠向惡夢號，好讓山貓野爪縱身一跳便能回到船上。當兩艘海盜船分開的時候，洛蒂回頭望了一眼，山貓野爪站在船舵前，舉起爪子朝她揮了揮。

薩琪躲在哪？

「她到底在哪裡？」洛蒂心想著邊用後腳敲打地面，同樣在星期一，洛蒂來老橡樹邊等著薩琪，「難道又要解謎了？要我把她找出來？還是她把我忘了？」洛蒂聞了聞，認真聽了聽，用眼睛仔細在灌木叢、樹幹與草地上尋找。

「一定出了什麼事。」洛蒂開始漸漸感到不安，不久後她來到芙瑞達家的洞穴前，敲了敲門。

「薩琪沒去老橡樹那裡，這很奇怪，我想知道發生了什麼事，妳要一起來嗎？往這裡走。」洛蒂指了指，撥開無人森林邊界的兩棵矮灌木。

「妳確定？如果我們迷路怎麼辦？」一起跟來的梅樂害怕的向後退了一步。

但是洛蒂果斷的往前走，芙瑞達緊跟其後，梅樂口中唸著：「這是一個笨主意，非常愚蠢！」

「薩琪送我回家時，天色已經很暗了，但是我想那時候應該有經過這些樹根。」她們越走越深入無人

森林，洛蒂試著回想狼穴怎麼走。

　　梅樂緊貼著芙瑞達，用翅膀牢牢抓住芙瑞達蓬鬆
的皮毛。

洛蒂走在前面，她們越過倒落的樹木，經過泥濘的水坑，穿過鋒利的岩石裂縫，芙瑞達還必須收起肚子才能橫著通過，梅樂不斷被地上突起的歪歪扭扭的樹根絆倒。

　　「梅樂，小心黑莓叢！那些尖刺有可能會刺破妳腳上的蹼膜。」芙瑞達出聲警告。

　　「這真的是一個愚蠢透頂的主意！」梅樂又被絆了一跤，正在哀號。

　　「找到了！是狼穴！」洛蒂用一根爛樹枝撥開藤蔓，一邊大叫，一邊指著樹木後的一塊大岩石。

　　「薩琪！薩——琪！」她高聲朝黑漆漆的洞口喊，卻只聽到回音。

　　「她不在，我們現在可以回家了嗎？」梅樂嘎嘎說道，拉住洛蒂的前腳。

　　洛蒂卻搖搖頭，她發動狼視，開始搜索周遭，那裡有新的足跡！她彎腰去看那些印痕。

　　「也許她去散步了。」芙瑞達說。

　　「我想現在就回家！我想回家，立刻！」梅樂不停的抱怨。

　　「這些腳印不是薩琪的。妳們看，有一個爪子少

了一隻腳趾，而且這片菜園都被踩爛了！」洛蒂彷彿沒聽到梅樂說話，她說完後就突然想也沒想的留下驚愕的朋友，直接衝進狼穴。

「薩琪！」她一邊大聲喊一邊衝到狼穴深處，深入沒多久，日光就已經照不進來了，岩壁的輪廓也看不清楚，洛蒂只能貼著冰冷的岩石，用她汗濕的手摸索向前。

突然，一抹微弱的光線閃爍了一下，洛蒂慢慢朝那道光線靠過去，跳動的火光晃動照在岩壁上。

「洛蒂！」洞口同時傳來朋友們的呼喚。

這裡發生了什麼事？地上有個被撞倒的油燈，洛蒂撿起油燈，點燃燈火，四周的椅子都被撞倒了，

一張桌子從桌面中間斷開，瓷盤碎滿地，薩琪裝著乾甲蟲和麵包蟲的陶罐摔破了，陶罐前躺著斷裂的釣魚竿。

「這裡發生過打鬥。」洛蒂腦中閃過這句話。手拿著油燈，她跌跌撞撞的從狼穴出來，驚恐的對她的兩個朋友說：「他們把薩琪綁走了！」

「如果他們找到我，會把我殺掉。」洛蒂腦海裡迴響起薩琪的聲音。

洛蒂、芙瑞達、梅樂用最快的速度逃離無人森林，各自回家去找家長幫忙。

「爸爸，你快來！那匹母狼被綁走了！」洛蒂氣喘吁吁的推開工作室的門。

「你又在說什麼了？」爸爸說完繼續為一支椅腳刨光。

「你沒看到我在工作嗎？不要再繼續說這些故事了！這並不有趣！」洛蒂沒有放棄，她繼續糾纏爸爸，直到爸爸終於用刨刀敲著椅腳大吼。洛蒂被爸爸嚇了一跳，立刻掉頭衝進家裡。

「媽媽，妳快來！那隻母狼……」

「噓！我在和老闆講電話。」媽媽手裡握著電話聽筒，生氣的怒視洛蒂並發出噓聲。

「但是媽媽，薩琪被綁走了！」洛蒂又說了一次並拉拉媽媽的短尾巴。

「洛蒂！現在不行！」媽媽猛的一轉身，嚴厲的斥責女兒。

洛蒂憤怒又失望，她跺跺腳，砰的一聲關上屋門，

跑回老橡樹去了。

她的兩個好友也沒有比較好，梅樂的媽媽剛好在訓練小鴨子們游泳，「弟弟妹妹們嘎嘎叫、亂噴水，嘰嘰喳喳吵個不停，我大聲叫喊，媽媽卻潛到水底下去了。」梅樂說。

芙瑞達的爸爸在烘焙坊工作了一整個下午後，在沙發上睡著了，叫也叫不醒。「等我終於叫醒他，告訴他發生什麼事情後，他只說我們本來就不應該進入無人森林，然後又繼續睡。」芙瑞達說。

沒有人願意聽她們說話，沒有人有空理她們。

「我要自己去找她。」洛蒂喃喃自語。

「妳瘋了？」梅樂睜大眼，呼吸也變得急促。

「妳不能自己去，我和妳一起。」芙瑞達重重的爪子放在洛蒂肩頭，準備動身上路，梅樂則搖著頭，顫抖的留在原地。

對洛蒂和芙瑞達來說，她們的計畫很簡單：回到狼穴，從那裡開始尋找線索！

走了一小段路，她們突然聽到身後傳來咔嚓和沙沙聲，洛蒂一轉身只見梅樂朝著她們跑來，「等等我，等等我！」她嘎嘎叫著。

於是她們一同穿過無人森林。梅樂低聲哼唱著什麼，洛蒂先是出聲提醒：「安靜！」但梅樂還是繼續哼歌，洛蒂不耐煩了叫道：「閉嘴！我們會被那些狼聽到的！」

　　「唱歌可以讓人沒那麼害怕。」梅樂用一隻翅膀遮住嘴小聲說。

　　「妳爬到我背上來。」芙瑞達告訴梅樂。

　　梅樂立刻飛到芙瑞達背上，將翅膀塞入她的毛中，如此一來她們前進得更快了，很快就抵達狼穴。

　　「他們從這裡穿過去的！」洛蒂指向那個少了指頭的狼腳印，同時聞聞地面記住味道。

　　當她們經過泥地時，看到腳印變得更深、更清晰，同時一起停下腳步，洛蒂開始探查這些痕跡。

　　「這裡有拖拽的痕跡，他們把薩琪拖在身後，或許她被綁住了，左右都有痕跡，這邊這匹比較大，有至少四匹狼！」

　　「四……四匹？」梅樂結結巴巴的問，同時蜷縮進芙瑞達的毛裡。

　　「繼續走吧。」洛蒂堅定的說，跟隨腳印向前。

　　當來到一片林中空地時，天已經黑了，月光下她

們發現一座被遺棄的古堡廢墟，雄偉的主塔高聳入雲，甚至超過最高的杉樹。牆都倒塌了，只剩少數牆體和石塊散落一地。

突然，她們聽到野狼的嚎叫：「凹──嗚！」緊接著好幾匹狼都跟著叫了起來，洛蒂感到背脊發涼，她和芙瑞達彷彿生了根一樣定在原地，驚恐的互望對方，芙瑞達背上的梅樂發出嗚咽聲，並且鴨嘴咯咯作響。

「安靜，我們偷偷靠近。」洛蒂果斷的輕聲說完，努力邁開顫抖的腿，一步一步挪向前，芙瑞達趴下身，在她後面匍匐前進，梅樂用翅膀搗著嘴，克制住咯咯聲和哼歌的衝動。

她們沿著破損的牆壁潛入，直到牆上出現一個缺口，才從洞口偷看。黑暗中還有一座天井，中間燃燒著熊熊大火，火舌直衝夜空。

火邊立著一根木柱，薩琪就被綁在那裡，低垂著頭。五匹野狼在她周遭繞來繞去，露出獠牙，發出威脅的低吼聲。

最大的那匹狼坐了下來，其他狼也照著做，狼群圍繞著薩琪，所有人都靜靜聽著首領狼說話。

「妳一定以為可以擺脫我們，但是沒有狼可以離開狼群！妳背叛了我們，妳必須為此付出生命！」他對薩琪低吼。

「背叛？只因為我不想狩獵？」薩琪慢慢抬起頭，直勾勾盯著頭目狼的雙眼。

「妳把鹿放走了，妳是故意的！那是我們所有人的戰利品！」一隻口鼻被咬傷、又乾又瘦、滿身傷痕的狼怒聲罵道，「讓我殺了她！」他對頭狼吠叫，口水滴滴答答的從嘴中流出。

「閉嘴！」巨大的頭目狼咬牙切齒的怒吼，一巴掌拍在瘦狼的下顎上。

「從沒有狼敢拒絕最後的考驗：狩獵！殺戮！分享戰利品！這就是狼的道路，反抗者，死！」首領狼憤恨的瞪了薩琪一眼。

「我寧願死，也不願跟隨你。」薩琪在首領狼的狼爪前吐了口口水，瞪著他不屑的說。

「她不能死！我該怎麼辦？如果是安妮・邦妮的話，她會怎麼做呢？」洛蒂腦中許多念頭快速飛過，心臟幾乎要跳出喉嚨，她閉上眼睛，陷入她的海盜世界，所有的故事、白日夢和畫面瞬間掠過腦海。

突然靈光一閃，她知道該怎麼做了！

「我引開野狼的注意，妳們去幫薩琪鬆綁。」洛蒂睜開眼，小聲而清晰說完後，緊接著跳上芙瑞達的背，又再從那裡跳上牆，順著牆頭迅速跑向火堆的另一邊。

「狩獵！殺戮！分享戰利品！狩獵！殺戮！分享戰利品！」下方的狼群一步一步靠向薩琪，低吼聲透過外露的尖牙傳出。

就在這個時候，洛蒂將爪子放入口中，吹出一聲響亮的口哨。野狼們迅速轉頭。

「洛蒂！不！快走！」薩琪大叫，扭動被綁住的身體。

「戰利品……」那隻刀疤臉瘦狼看到小兔女孩的瞬間流著口水說。

「你們想要成群結隊？你們這些噁心的無賴！放開薩琪！每隻動物都有權利走他自己的路！」洛蒂雙手插腰傲立牆頭大聲說道。

「下來，小白兔，或者要我們去帶妳下來？」狼群越靠越近，五隻狼全都站在了牆下，抬頭望著洛蒂，其中一隻伸出舌頭舔舔嘴角並大喊道。

「滾出我們的森林！薩琪是我們的一員。」洛蒂瞇著眼睛。

狼群看到這隻眼冒怒火、手插腰站立牆頭的小兔子，加上又聽到這句話，全都爆笑出聲，他們哭到在地上滾來滾去，抱著肚子大笑。

「薩琪屬於兔群，哈哈哈！這比死還慘！」一隻有著黃色利眼的黑狼大聲說。

「那隻鴨子在那裡做什麼？」突然首領狼吠道。

其他狼立刻隨著他的目光轉過頭，梅樂用一塊尖銳的石頭瘋狂刮著薩琪的繩子。

「到安全的地方去！」薩琪試著轉向梅樂說道。

但梅樂卻只是更快速的用石頭摩擦繩索，而且因為太害怕了，她同時開始大聲哼歌。

「抓住那隻家禽！」首領狼大吼，狼群立刻向梅樂跑來。

梅樂越哼越大聲，音調也越來越高，摩擦的動作也更快了。

灌木叢中傳來芙瑞達震耳欲聾的吼聲，她張開爪子跳出來，對著狼群齜牙咧嘴，前爪用力一揮就把最前面的黑狼打飛撞在牆上，接著她咬住第二匹狼的脖

子，猛力搖晃直到那隻狼哀號求饒為止。

那匹瘦狼向梅樂飛奔過去，企圖抓住她的翅膀。於此同時，薩琪成功扯開繩索，向瘦狼撲過去，兩匹狼滾倒在地互咬起來。

首領狼和另一匹狼偷偷靠向芙瑞達，左右夾攻她，芙瑞達閃身躲開，但她的牙齒依然牢牢鉗制那匹敵狼的脖子上。

牆上的洛蒂清楚看到那兩匹狼的企圖，他們想從兩側襲擊她的朋友，此時就連那匹黑狼也掙扎著爬起身，甩甩昏沉的頭，洛蒂知道自己必須有所行動了！

如海盜般堅毅，洛蒂縱身跳下高牆，滾落在柔軟的草地上，她奔向火堆，找到一根從火中伸出的粗樹枝，她像舉著火把一樣高舉樹枝，迅速從身後偷偷靠向首領狼，首領狼防不勝防的尾巴著了火，慘嚎一聲，穿過夜色狂奔而去。

芙瑞達利用這片混亂，將她口中的狼用力朝右邊的敵人扔過去，薩琪此時已經壓在瘦狼身上，牙齒插入他的咽喉。處於劣勢的狼群驚慌失措，失去首領的他們全部夾著尾巴飛快的逃走了。

「哈！」洛蒂大叫，朝著天空高舉火把，梅樂

用翅膀揮拳，在一旁跳來跳去，高喊：「我們贏了！我們贏了！」

「好險。」芙瑞達喘著氣，手搭在洛蒂背上。

她們一起動身回家，三個好朋友一路上興奮的談論著剛才的事，薩琪卻沉默的跟在旁邊。當嘰嘰喳喳的聲音稍微安靜了些，薩琪才開口說：「妳們剛剛讓自己陷入險境，妳們不應該這麼做的。」

「妳知道嗎？在我們的團體裡，大家會互相照顧。」洛蒂推了推薩琪。

「是的，而且妳完全不知道，能屬於這個團體，我有多麼驕傲！」薩琪答道。

「洛蒂！芙瑞達！梅樂！妳們在哪？」當她們靠近無人森林邊界時，遠方傳來呼喚她們的聲音。

「我們在這裡！」梅樂大聲喊道並跑向空地，洛蒂和芙瑞達跟在她身後，只有薩琪停下腳步。

全村的人都舉著火把出來找她們，山貓老師第一個發現樹木後的三位女孩，她立刻高聲喊「她們在那裡！」。

所有人都瞬間湧過來，爸爸媽媽各自抱緊自己的孩子。

「妳們為什麼晚上獨自跑到無人森林去？妳們知道有可能發生什麼事嗎？」兔媽媽抱著洛蒂說。

「我們好擔心！」鴨媽媽用翅膀撫摸梅樂的頭。

好友們開始訴說無人森林裡發生的事，洛蒂解釋道：「我們必須要幫助母狼啊！」

「洛蒂！不要再說狼的故事了！」兔爸爸嚴肅的看著她並搖搖頭。

「她說的是事實，如果沒有洛蒂和她的朋友，我活不過今晚。」森林裡突然傳來一個聲音，薩琪穿過灌木叢走向空地。

四周立刻安靜，大人們震驚的聽著薩琪說話。

「芙瑞達！妳怎麼沒來叫我們啊？」當熊爸爸聽到自己的女兒遇到如此危險後，他不得不扶著老橡樹才站得穩。

兔媽媽和鴨太太同時一起點點頭。

「我們有試著叫爸爸、媽媽啊！但你們一直在忙，根本就不聽我們說話。」洛蒂說。

芭蕾演出

「洛蒂！快一點！來吧，我幫妳。妳看起來很棒。」媽媽說著，對洛蒂眨眨眼，她將洛蒂背後的拉鍊合攏後迅速向上一拉。

洛蒂從各個角度端詳鏡子裡，那身綴著蝴蝶結的藍色洋裝。

「妳們在哪？」爸爸在走廊另一端喊。

洛蒂跑下樓，媽媽急忙跟在她身後。

「赫伯特！你是不是又穿著這件漂亮襯衫去工作室了？你渾身都是灰塵。」媽媽幫爸爸調整好領帶，她吃驚的搖著頭。

洛蒂咯咯笑，幫爸爸拍打襯衫和毛皮，爸爸在西裝裡扭動慘叫道：「穿這樣太不舒服了，根本動不了！」

「只有今晚，赫伯特，我覺得你很帥氣啊！」媽媽說完在丈夫臉頰上親了一下。

洛蒂吹著口哨先出發前往老橡樹，當她抵達時，

差點沒忍住笑。

薩琪動也不動的像座雕像，威嚴的在樹旁等待，梅樂和她媽媽則興奮的說不停，拍著翅膀繞圈跑。

「終於來了，我們該走了！不然就要遲到了！」梅樂興奮的不停說著。

鴨媽媽則是好不容易停下來，猛點著頭。

「蝴蝶結好適合妳。」洛蒂看看梅樂說，頭上戴著藍色大蝴蝶結的梅樂真好看。

「這是新的，我自己做的，是我自己喔！如果妳想要，我也幫妳做一個，還有薩琪妳也是！」梅樂很高興的說了一大串。

「呃，謝謝。我們現在真的該出發了。」薩琪有點茫然的看著洛蒂，答道。

大家動身出發，為了搶到最好的位子，梅樂和洛蒂走在前面。洛蒂的父母和薩琪聊著天，鴨媽媽則催促大家動作加快。

終於到了今天，暑假即將來臨，學校為結業典禮特地在足球場上搭了舞台，演出節目是──天鵝湖！

不久，洛蒂和梅樂與父母一起坐在觀眾席上。沉重的暗紅色布幕緩緩升起，華麗的舞台布景出現在大

家眼前。一個在月光下閃閃發光的湖泊，湖邊圍繞著大樹，氤氳的霧氣中隱隱浮現一座城堡的輪廓。

觀眾們屏住呼吸，熊爸爸、熊媽媽、薩琪、洛蒂的爸媽、山貓老師⋯⋯全村的人都張大了嘴。

「噢！」和「啊！」的驚嘆聲從座位間傳出，兔媽媽摟著洛蒂，洛蒂的頭靠在她的臉頰上。

音樂響起，芙瑞達跳上舞台，緊接著是三隻天鵝，芙瑞達用流暢、優雅的動作拋轉三隻天鵝到空中，天鵝們半張羽翼慢慢滑翔至地面，踮腳尖旋轉。

「真美！太美了！芙瑞達跳得比以前更好了！」梅樂擦去眼角的淚水，她對洛蒂低語。

洛蒂不由自主的想到芙瑞達在她們的那場森林冒險後，鼓足勇氣對芭蕾課的孔雀老師說，她想在演出時上台，孔雀老師卻拒絕了她。此時三隻小天鵝站到芙瑞達身後說：「那麼我們也不跳了，要嘛全部一起跳，要嘛一個都不跳！」

洛蒂默默的笑了，自從救了薩琪之後，很多事情都不一樣了。每個星期一，洛蒂都會和薩琪碰面，更深入學習狼視的技巧，她在學校裡也越來越熟練，已經能完全集中注意力、專心聽並跟著做。甚至開始得到幾科及格，以及山貓老師繼續努力！的鼓勵。

如果她又分心了，通常梅樂就會推推她，提醒她注意自己的任務，就像現在。

「洛蒂，演出還沒結束喔！」梅樂輕聲說，靠在她身上。

布幕落下的時候，觀眾席上的村民們爆出歡呼，

芙瑞達班上的所有小動物一起用爪子、蹄、蹼發出砰砰砰的聲音，大喊：「芙瑞達！芙瑞達！」坐在芙瑞達父母旁邊的薩琪抬著頭，在夜色中嚎出一聲長長的「凹──嗚！」

臺上的芙瑞達和天鵝們鞠了躬，掌聲不絕於耳。

當舞者們終於走下樓梯，洛蒂和梅樂衝向前，「妳們太棒了！」她們一邊喊，一邊給芙瑞達擁抱。

不久後，大人們也過來恭喜舞者們。

「太優秀了！了不起的作品！舞台表演、舞者之間的和諧，太厲害了！還有精采的舞台設計，讓我印象深刻。」山貓老師說完，伸出爪子握手祝賀。

「舞台布景是洛蒂畫的。」芙瑞達拉過正和薩琪聊天的洛蒂說。

「不可思議呀！洛蒂，我都不知道妳是一個藝術家呢！妳是怎麼做到的？」山貓老師頭轉向洛蒂。

「用兔視。」一旁的薩琪低聲說，朝洛蒂眨眨眼。

全劇終

洛蒂的祕密武器

接下來，洛蒂要和你分享她的所有祕密武器，並且教你其他的狼視技巧。

你可以在網頁（www.lottestrickkiste.ch）上找到練習方式，以及薩琪的狼視練習課程，一到四課的音檔來下載。

路易斯舅舅的「每當……就……計畫」

「每當……就……計畫」可以幫助你：

• 在適當的時機想起事情。

• 在特定的情況下，去做你計畫要做的事情。

請告訴自己：「每當……的時候，我就要……」

例如：

• 「每當老師宣布要考試，我就要立刻拿出我的
聯絡簿記下日期。」

• 「每當我做完功課，我就要立刻把明天的書包
收拾好。」

• 「每當我離開更衣室，我就要再回頭看一看我
的位子，檢查有沒有留下什麼，或者還有沒有
衣物掛在掛勾上。」

為了讓你的「每當……就……計畫」順利進行，
你必須做些訓練，將這個計畫寫在一張大海報上或一
張便條紙也行，然後舒服的躺在床或地板上，如果你

喜歡的話，你可以把眼睛閉上。

　　試著想像一下，今天是星期二，剛上完體育課，我換完衣服走向門口，我要告訴自己：「每當我離開更衣室，我就要再回頭看一看我的位子，檢查有沒有留下什麼東西？或者還有沒有衣物掛在掛勾上？」你也可以大聲把句子唸出來。

　　想像自己在這個時候回到位子上看看，例如：你發現夾克還掛在掛勾上，或是你的運動袋還放在地板上，想像自己回去拿。也許你在想像中還會有點小驕傲和開心，因為你即時發現了這些東西。

　　現在輪到你了，你想實現什麼目標？你希望未來可以改善什麼事情？針對哪些狀況你希望可以做出不同的反應？把它們寫下來吧！

　　每當 ＿＿＿＿＿＿＿＿＿＿＿＿＿＿＿＿＿

＿＿＿＿＿＿＿＿＿＿＿＿＿＿＿＿＿＿＿＿＿＿＿ ，

我就要 ＿＿＿＿＿＿＿＿＿＿＿＿＿＿＿＿＿

＿＿＿＿＿＿＿＿＿＿＿＿＿＿＿＿＿＿＿＿＿＿ 。

每次只練習一種「每當……就……計畫」，只要你能做到不假思索就能達成目標，那麼便可以繼續想下一個新計畫。

你的家長和老師可以這樣幫你：

- 和你一起做一張漂亮的海報，也許貼上照片，就像洛蒂和路易斯舅舅那樣。
- 和你一起做一趟想像之旅來練習，甚至是一起演一齣戲。
- 提醒你計畫內容。
- 當你完成你的計畫時誇獎你。

兔爸爸的整理收納行動

　　你和洛蒂一樣覺得整理收納是一件困難的事嗎？
你偶爾會不知道你的東西該往哪裡放嗎？你就只是站
在房裡，然後茫然的看著一團亂？你常常找不到你的
東西嗎？那麼就盡量讓事情變得簡單吧！

- 懂得收納的人很清楚所有東西該放哪個位置，
  而且他們會一直說：「物歸原位！書要按照大
  小和顏色放上書架，樂高要分類收在它原本的
  盒子裡……」這樣看起來是很漂亮，但卻非常
  累人，對於一隻普通的兔子來說，只要達到還
  算整齊就可以了，例如：所有玩具收進一個大
  箱子裡，然後推到床底下放好。

- 你看，你房間裡有一個洗衣籃，你可以把它當
  成籃球框，你能從床上就完美的把髒襪子、褲
  子和上衣丟進去嗎？

- 和爸媽討論能不能幫你準備透明但有顏色的書套，或是使用顏色標籤貼紙，在課本和作業簿標上顏色，每個科目都選一個適合的顏色，例如：給數學一個藍色的書套，國語黃色，或者反過來也行？如此一來你在收書包的時候，就能迅速找到正確的課本和作業簿，不需要慢慢認書上的字。

- 找一個固定放書包的地方並養成習慣，永遠將書包放在那裡。你可以先用「每當……就……計畫」來幫自己適時想起：每當我回到家，我就要立刻把書包放回去。

兔式做功課技巧

　　洛蒂和媽媽以及山貓老師一起找到方法，讓她在讀書和做功課的時候能更專心，她們的辦法是：

1. 先計畫一下你想從哪份作業開始做？你想在接下來的十到十五分鐘之間完成什麼？

2. 準備好所有你接下來的功課需要用到的東西（本子、學習單、文具、課本……等）。

3. 設定鬧鐘十或十五分鐘後響。

4. 想一想：我的功課是什麼？用你自己的話重說一次，現在你應該做什麼？

5. 告訴自己：「狼視啟動！」就立刻開始。

6. 鬧鐘響起後休息一下（三到五分鐘）。

　　如果你能在疲倦之前就先休息一下，效率會更好，之後再繼續讀書或寫功課、練琴……等，你能夠輕鬆許多。片刻休息你可以聽音樂、動一動，或是吃營養的點心、練習狼視、愜意的看窗外景色。

請注意喔！休息片刻建議選擇不用太投入的事情，例如：聽故事、看漫畫、玩樂高或玩一輪新遊戲……等，因為這是很難短時間暫停的事情。

　　洛蒂起初花了太多時間寫功課，讓她幾乎沒有其他休閒時間，導致惡性循環！如果你目前也是這樣，請和你的家長還有老師談一談，討論看看你是否也可以在一段固定的時間之後休息一下。

做夢是有意義的

「我叫薩琪。說到做夢，你必須找到對的時間，如此一來就會變得有意義。」

洛蒂和她的好朋友一起為做夢這件事畫了一張海報，那你呢？白日夢或你的幻想在什麼時候、在什麼地方會幫上你的忙？你想在做什麼的時候使用狼視呢？

狼視

使用狼視的時候我和任務合而為一，注意力集中在我全部的意識上，完全的心無旁鶩，任何人、任何事都無法干擾我。

狼視非常有用，我會使用在：

讀書、寫作業、考試或進行任務時。

或是我必須專心傾聽的時候。

還有整理東西，或者需要非常細心處理的事情上。

又或者我必須按順序做多件事，而且不可以忘記（例如：早上時間不多，要換衣服、吃早餐、刷牙等，或是從學校把所有寫功課需要的簿本帶回家、在學校完成每週計畫……）

白日夢

做白日夢的時候，我會讓我的思想四處漫遊，
脫離此時此地，進入幻想世界。

白日夢非常有用，我會使用在：

也會是我有空閒而
且想放鬆的時候。

有個問題無法解決，我需要
有些新點子的時候。

或是我需要創造力來做事的時候，
例如：安靜的畫畫或創作故事。

還有我想記住某些事情，在腦
袋中把它完整想像出來，就像
一幅畫或一部影片。

又或者我想像某些未曾發生
的事情或並不存在的東西。

209

狼視

做夢或使用自己的幻想，洛蒂是這方面的專家，她遇到薩琪後，堅定的想學會狼視，這是所有野狼都要長年訓練的技能。

薩琪說：「一匹狼必須讓自己的感官變得敏銳，並且學會完完全全專注在某件事物上。」

薩琪和洛蒂要在這裡教你一些狼視的練習技巧，有幾個是你已經在前面故事知道的。

狼視練習密法 1：跟隨你的呼吸

「舒服的躺在地上，手腳伸直放鬆，讓自己覺得舒服就好。如果你想的話，可以把眼睛閉上，你當然也可以盯著天花板的某個點看（一個你的視線能停留在那裡的點）。

去感受你的頭枕在地上的觸感，去感覺你的肩膀、上背、手臂、雙掌、雙腿、雙腳碰觸地板時的感受，現在把你的注意力集中到你的呼吸，注意呼與吸

時的感覺。」

　　你要自然的呼吸，而不是刻意的呼吸，用你自己的速度，因此沒有標準答案。

　　現在要確實去感受你自己如何吸氣，你什麼時候開始吸氣？跟隨湧進你身體的空氣直到最後，吸氣……吸、吸、吸。

　　現在注意自己如何呼氣，你可以感受到空氣開始從你體內吐出的瞬間嗎？你可以跟隨呼氣直到最後一口嗎？呼氣……呼、呼、呼。繼續呼吸，跟隨著你的呼吸，現在注意你完整的呼和吸，吸……呼……吸……呼……吸……呼……你身體的哪裡能最明顯感受到自己的呼吸？你的身體哪裡會同步隨著起伏？

　　再給自己一點時間，如果你已經準備好了，可以睜開眼睛，慢慢坐起來。感覺如何？

　　你也可以坐著來做這個練習，就像洛蒂坐在大岩石上那樣。身體坐正，但要放鬆，就像個國王坐在他的寶座上，你的雙手可以舒服的放在大腿或膝蓋上。

狼視密法 2：栗子葉

　　秋日的某一天，洛蒂練習狼視遲到了，她在去找薩琪的路上，到處都看到漂亮的彩色秋葉，還發現了栗子！薩琪微笑的說：「洛蒂，你讓我有個靈感，今天我要教你一種非常特別的狼視練習。」

　　「選一隻手當你的栗子葉，手伸出來，手指也要展開，讓你的手看起來像栗子樹的葉子一樣，手心對

著你自己，注意手指和手指中間要留空隙。用另一隻手的食指觸碰你「栗子葉手」的外側，也就是手腕處（小指的根部）。如果你想的話，可以閉上眼睛。感受一下你的食指碰到你的「栗子葉手」的感覺，現在，慢慢用食指沿著小指外側往上再往下，留意觸碰時的感覺，沿著每根手指，往上再往下，直到你抵達手的另外一側為止。

接著把注意力集中到呼吸上，平靜的吸氣，同時慢慢再用食指沿著手外側往上，抵達拇指指尖了嗎？接著呼氣，同時食指往下，用這種方式沿著每根手指：吸氣往上，呼氣往下，直到你抵達手掌的另一側。你要自然的呼吸，先定好速度，如果冒出什麼想法也沒關係，就讓這些想法像風中落葉飄走吧！然後繼續回到你的呼吸。

重複這個練習幾次，然後去感受你的呼吸和這種手指碰觸遊戲結合在一起，睜開眼睛後，你會覺得神清氣爽！」

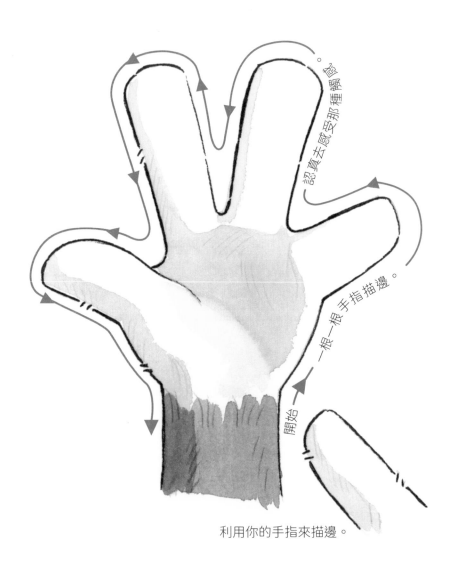

認真去感受那種觸感。

一根一根手指描邊。

開始

利用你的手指來描邊。

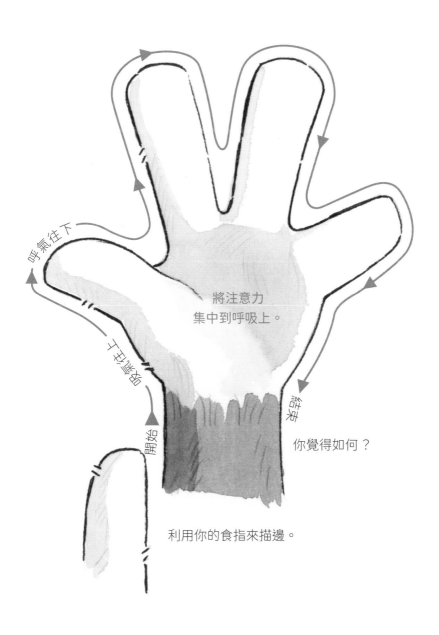

將注意力
集中到呼吸上。

呼氣往下

開始彎曲

開始

結束

你覺得如何？

利用你的食指來描邊。

狼視密法 3：我看到、聽到、感覺到什麼？

這個練習你已經學會了。

「舒服的坐下，也許把雙腳放在地板上，雙手輕鬆放在大腿上，現在注意去看，你可以給自己一點時間觀察。也可以閉上眼睛，或者看下面，都隨你自在。注意去聽，去感受你周遭所有的聲音。

如果你願意，你可以去感受自己的身體，例如你的腳放在地上的感覺、你屁股下的椅子給你的感受、你的手又有什麼感覺呢？還有你的肩膀……

現在注意呼吸，你呼吸時身體哪裡會起伏？吸氣是什麼感覺？呼氣又是什麼感覺？你可以在自己身體的哪裡感受到呼吸？

當你發現自己陷入想像裡，那麼就好好的去感受它……然後再將注意力放回呼吸上。給自己一點點時間，如果你已經準備好了，可以慢慢回到當下，搓搓你的手，告訴自己現在進入神清氣爽的狀態了！」

洛蒂的狼變身法

當時洛蒂在無人森林裡看到薩琪被綁在木柱上，她遭到以前一起生活的狼群同伴威脅，洛蒂必須快速找到一個解決的辦法。她利用想像力，潛入自己的海盜世界並自我提問，如果換成**安妮‧邦妮**的話，她會怎麼做呢？就這樣讓她找到了勇氣，也迅速制定出阻止狼群的計畫。

自此以後，洛蒂就常常使用她的想像力，學習時就假裝自己是仿效的對象，認真想像對方會有什麼動作或感受、怎麼思考或行動。

所以為了讓自己的狼視技巧更敏銳，洛蒂努力想像自己是薩琪，仿效過程如下：

洛蒂坐在兔子屋前的一塊石頭上，滿足的看著她幫薩琪畫的圖。紙上的母狼穿過森林，警覺而專注、感官敏銳、腳步輕快。洛蒂凝視著圖，將畫面牢牢記在腦海裡並且閉上眼睛。

隨著想像，她感覺到皮毛上吹撫的微風，還有溫暖背部的陽光。她坐直身體、抬起頭、挺直肩膀——就像變身一匹狼。

她深吸幾口氣，腦中喚出薩琪的樣子。就在她緩慢的吸氣、吐氣時，在想像中已經看到薩琪穿林

而過，洛蒂一邊低聲唸出：「警覺而專注、感官敏銳。」，每呼吸一次，腦海的畫面就變得更清晰一點。在她的想像裡，她已經變身薩琪在森林裡奔跑。

你也做到了嗎？你也可以變成薩琪嗎？你的手腳要變身狼爪，你感覺得到腳下的林地嗎？身為狼的感覺如何？感受一下你的肌肉，敏捷而有力！

你為自己找到一條穿越森林的道路，你的狼視緊緊盯著路上，感受著一切，如此一來你便能迅速且安全的移動到你的目的地。

樹木與灌木叢在你身邊掠過，你輕巧的跳過障礙，看到每根樹根、每顆石頭，你很清醒、專注。

透過你的狼鼻，新鮮空氣湧入至你的胸腹，安靜而平穩，怪不得狼可以像這樣奔跑好幾個小時，依舊覺得輕鬆自在。

你的狼耳高聳，一切都在接收中，你聽到森林的聲音了嗎？風聲、葉子的窸窣聲，自己的腳步聲？

每個步伐、每次呼吸都可以讓你更貼近薩琪的角色，如果你需要的話，你會更集中精神、更清醒、更專心。

你體驗到只要你想集中精神，無論是在學校、讀

書或運動時，你隨時可以在心中喚出薩琪，只要腦中想到：仔細看、認真聽，像薩琪一樣清醒。甚至你能決定維持多久，或是用自己的節奏回到現實。

當薩琪的感覺如何？你最擅長想像的是哪個部分？有讓你困擾的地方嗎？哪些故事情節做一點更動後，能讓你更容易喚醒心中的薩琪呢？

也許剛開始常常會覺得很難變身成母狼，如果多唸故事兩、三次，效果會比較好，只要對故事多一些了解，就比較能專注在自己的內心想像與感受。

在學校和唸書時使用狼視

　　當洛蒂寫功課或在學校想集中精神時，她會使用
狼視，並利用薩琪教她的練習方法。

「狼會認清自己的任務是什麼，而且緊緊盯著自己的目標不放。」

1. 問問自己：我的任務是什麼？

   - 仔細瞭解任務要求（或者如果有人解釋我該做些什麼時，我要認真聽）。
   - 用自己的方式描述該做的事（可以說出來或者在腦中想過一遍）。

2. 告訴自己：「狼視啟動！開始！」然後進入任務。

3. 每一次呼吸，都要把注意力完全集中在任務上。如果以上步驟都完成了，請進入下一個步驟。

4. 每項作業完成後都要檢查：
   我是不是所有內容都做了？
   答案正確嗎？

   • 如果發現錯誤，或忘記某
     些東西：還好我有發現！
   • 立刻修改。

5. 像這樣一個任務接著
   一個任務處理，記得緊
   緊盯著目標不放。

6. 最後我會很驕傲自己能像狼
   一樣專注！凹——嗚！

芙瑞達和梅樂的優點海報

洛蒂一直覺得大家只看得到她的缺點，而且不斷挑剔她，在她的作文中甚至寫出除了畫畫以外，她沒有一件事做得好，但她卻很少在學校提到畫畫的事。

還好梅樂和芙瑞達做了一張「優點海報」給她（本書 130 頁），也許你也有興趣當個「優點偵探」？如果是的話，你可以試試這麼做：

- 先想一想，自己有什麼優點？
  - → 什麼事情你做得特別好？什麼事情是你覺得很簡單的？
  - → 你對什麼感興趣以及你喜歡做什麼？
  - → 什麼事情是你很了解的？
  - → 你的個性有哪些特質？樂於助人、親切、肚量大、勇敢、有想像力、有趣、堅強、重視好朋友、對寵物有愛心、好勝心強？
  - → 你聽過別人怎麼稱讚你？

→ 在什麼時刻你會為自己感到驕傲？

→ 你克服過哪些困難？怎麼做到的？

　　我們時常看不到自己的優點，像是愛做夢這件事是洛蒂的個性裡其中一個優點，但是她卻透過薩琪才知道。也許你也是這樣，試著把你的優點找出來吧！

　　將下頁的卡片分給二到三個你喜歡的人，看看媽媽、爸爸、爺爺、奶奶、阿姨、叔叔、某個親切的鄰居、某個好朋友或教練寫下什麼，你將會感到很驚訝的！

親愛的 _____

你獲選為 _____

的優點偵探。

請完成下面的句子後繳回。

我很高興認識你，
因為……

我喜歡你的……

你很擅長……

我注意到當……

洛蒂海盜ABC

安妮・邦妮（Anne Bonny）：是史上最著名的女海盜之一，洛蒂的船因她得名。安妮・邦妮於1698年出生在愛爾蘭，當時的女性不被允許登上海盜船，所以起初她將自己偽裝成男子，後來她和另一個也很有名的女海盜瑪莉・里德合夥，從此她們倆一同暢行在加勒比海上，成為了令人聞風喪膽的掠奪者。

左舷（Backbord）：意思是當你站在船上向前看時的「船的左側」。

船頭（Bug）：船的前端。

讓三角帆懸掛起來（Den Klüver hängen lassen）：海盜用語，表示生悶氣、嘟嘴或悲傷。

登船（Entern）：登上敵方船隻戰鬥。

升前帆（Fock hissen）：升起一艘船的三角前帆

三桅帆船（Karavelle）：有兩到四根桅杆的帆船。

浪花（Gischt）：海浪上的白色泡沫，或是船隻與

海浪所激起的海水噴霧狀態。

船尾（Heck）：船的後部。

客艙（Kajüte）：船上居住和睡覺的房間。

臥鋪（Koje）：船上睡眠區的窄床。

旱鴨子*（Landratte）：船員用語，形容不習慣下海的人。

艙口（Luke）：船上的開口，可以用擋板關閉。

欄杆（Reling）：船周圍的欄杆，也譯為護欄。

右舷（Steuerbord）：意思是當你站在船上向前看時的「船的右側」。

*譯者考慮到旱鴨子在中文指的是不會游泳的人，而非不習慣下海的人，因此譯文改為：陸地人。

給大人們看的科學根據

　　故事當中的兔女孩洛蒂，由母狼薩琪帶領她進入狼視訓練，這些練習的某部分出自喬‧卡巴金（Jon Kabat-Zinn）的正念訓練。卡巴金是現今最具知名度的正念訓練代表人物，所謂正念——不去批判、刻意的去集中注意力，以及有意識的去面對當下正在經歷之事。薩琪特別強調專注力的冥想練習（focused attention meditation，參見如 Lippelt et al.（2014）或 Ainsworth et al.（2013）），他們的論點則基於 Brunsting et al.(2013)、Jensen et al.(2019)、卡巴金、Kaiser Greenland(2018) 與 Kaltwasser（2013, 2016）。

　　薩琪的「栗子葉練習」被許多正念訓練師以不同的形式傳授，並且在英語圈中被稱為「take 5」、「五指呼吸法（five finger breathing）」或「五指冥想法（five finger meditation）」（例如 Bell（2011）、Children's hospital of Winsconsin（2020）），可惜的是，即便有許多研究，這種練習的起源依然成謎。

許多研究都顯示，正念練習對注意力、認知力、幸福感以及學童的心理健康有很正面的影響（參見 Carsley, Khoury & Heath, 2018; Linderkamp, 2020; Zenner, Herrnleben-Kurz & Walach, 2014）。

「洛蒂的狼變身法」利用的是孩子們的想像力，此法通常能成功讓自己轉變成另一個角色以及在內心想像出某種形象。許多研究顯示，透過角色扮演或聆聽故事，孩子們也能夠在現實世界中發揮虛構角色的特性和能力（參見 Haimovitz, Dweck & Walton,2019; Lee et al., 2014; Petermann, 2019; Veraksa et al., 2019;White et al., 2017）。

自 1970 年代起，對於學習障礙與專注力障礙孩童的訓練，也開始注重讓他們學習如何透過提問與內在指導（自我教導）來建構自我，同時還要學會設定優先順序，以及有意識的控制自己的專注力和工作行動（參見 Meichenbaum & Goodman, 1971; Lauth & Mackowiak, 2018; Lauth & Schlottke, 2001, 2019; Krowatschek, Krowatschek & Reid, 2019），薩琪的「狼會認清自己的任務是什麼，而且緊緊盯著自己的目標不放」概念便是出自此處。

「每當……就……計畫」就是自我教導的特殊型式，此計畫在化想法為行動方面特別有效。路易斯舅舅告訴洛蒂如何讓自己不那麼健忘，此法出自社會、動機心理學家 Peter M. Gollwitzer（1999），已有許多研究證實，就連有注意力障礙的孩子都能藉由此法而受益（參見 Gawrilow, Gunderjahn & Gold, 2018）。

　　「兔式做功課技巧」以及「芙瑞達和梅樂的優點海報」出自我們的教養書《過動症孩童成功學習法》(Erfolgreich lernen mit ADHS: Rietzler & Grolimund, 2016)，書中說明了如何讓注意力障礙和（或）過動與躁動孩童更主動、更專注的學習。

參考文獻

Achtziger, A. & Gollwitzer, P.M. (2006). Motivation und Volition im Handlungsverlauf. In J. Heckhausen & H. Heckhausen (Hrsg.), *Motivation und Handeln* (S. 277–302). Berlin: Springer Verlag.

Achtziger, A., Gollwitzer, P.M., & Sheeran, P. (2008). Implementation intentions and shielding goalstriving from unwanted thoughts and feelings. *Personality and Social Psychology Bulletin, 34*, 381–393.

Adam, H., & Galinsky, A.D. (2012). Enclothed cognition. *Journal of Experimental Social Psychology,48*(4), 918–925.

Ainsworth, B., Eddershaw, R., Meron, D., Baldwin, D.S., & Garner, M. (2013). The effect of focusedattention and open monitoring meditation on attention network function in healthy volunteers. *Psychiatry research, 210*(3), 1226–1231.

Belfi, A.M., Vessel, E.A., Brielmann, A., Isik, A.I., Chatterjee, A., Leder, H., ⋯ & Starr, G.G. (2019). Dynamics of aesthetic experience are reflected in the default-mode network. *Neuroimage, 188*, 584–597.

Bell, M. (2011). *Five Finger Meditation.* In T. Nhat Hanh, Planting Seeds: Practicing Mindfulness with Children (S. 87–88). Berkeley, CA: Parallax Press.

Berman, M.G., Jonides, J., & Kaplan, S. (2008). The cognitive benefits of interacting with nature. *Psychological science, 19*(12), 1207–1212.

Bozhilova, N.S., Michelini, G., Kuntsi, J., & Asherson, P. (2018). Mind wandering perspective onattention-deficit/hyperactivity disorder. *Neuroscience & Biobehavioral Reviews, 92*, 464–476.

Brunsting, M. et al. (2013). *Wach und präsent – Achtsamkeit in Schule und Therapie.* Haupt Verlag.

Carsley, D., Khoury, B., & Heath, N.L. (2018). Effectiveness of mindfulness interventions for mental health in schools: A comprehensive meta-analysis. *Mindfulness, 9*(3), 693–707.

Children's Wisconsin (2020). *Take five.* Online abrufbar unter: https://www.healthykidslearnmore. com/Healthy-Kids-Learn-More/Educator-Resources/Take-5ive/Focus-and-Attention-K4–8

Cordingly, D. (2008, January 03). Bonny, Anne (1698–1782), pirate. *Oxford Dictionary of National Biography.* Online abrufbar unter: https://www.oxforddnb.com/view/10.1093/ref:odnb/97801 98614128.001.0001/odnb-9780198614128-e-39085.

Franklin, M.S., Mrazek, M.D., Anderson, C.L., Johnston, C., Smallwood, J., Kingstone, A., & Schooler, J.W. (2017). Tracking distraction: The relationship between mind-wandering, meta-awareness, and ADHD symptomatology. *Journal of attention disorders, 21*(6), 475–486.

Gawrilow, C., Gunderjahn, L., & Gold, A. (2018). *Störungsfreier Unterricht trotz ADHS: Mit Schülern Selbstregulation trainieren.* München: Ernst Reinhardt Verlag

Gawrilow, C., Schmitt, K., & Rauch, W. (2011). Kognitive Kontrolle und Selbstregulation bei Kindern mit ADHS. *Kindheit und Entwicklung: Zeitschrift für Klinische Kinderpsychologie, 20*(1), 41–48.

Goleman, D. (2014). *Konzentriert Euch! Anleitung zum modernen Leben.* München: Piper.

Gollwitzer, P.M. (1999). Implementation intentions: Strong effects of simple plans. *American Psychologist, 54*, 493 –503.

Gollwitzer, P.M. & Sheeran, P. (2006). Implementation intentions and goal achievement: A metaanalysis of effects and processes. *Advances in Experimental Social Psychology, 38*, 69–119.

Haimovitz, K., Dweck, C.S., & Walton, G.M. (2019). Preschoolers find ways to resist temptation after learning that willpower can be energizing. *Developmental science*, e12905.

Hasenkamp, W., Wilson-Mendenhall, C.D., Duncan, E., & Barsalou, L.W. (2012). Mind wandering and attention during focused meditation: a fine-grained temporal analysis of fluctuating cognitive states. *Neuroimage*, *59*(1), 750–760.

Hölzel, B.K., Ott, U., Hempel, H., Hackl, A., Wolf, K., Stark, R., & Vaitl, D. (2007). Differential engagement of anterior cingulate and adjacent medial frontal cortex in adept meditators and nonmeditators. *Neuroscience letters*, *421*(1), 16–21.

Jensen, H. et al. (2019). *Hellwach und ganz bei sich: Achtsamkeit und Empathie in der Schule.* Beltz.

Kabat-Zinn, J. (2011). *Gesund durch Meditation: Das vollständige Grundlagenwerk zu MBSR.* Verlag: O.W. Barth.

Kaiser Greenland, S. (2018). *Achtsame Spiele: Achtsamkeit und Meditation mit Kindern, Jugendlichen und Familien – Mit 60 spielerischen Achtsamkeitsübungen.* Arbor.

Kaltwasser, V. (2013). *Achtsamkeit in der Schule: Stille-Inseln im Unterricht: Entspannung und Konzentration.* Beltz.

Kaltwasser, V. (2016). *Praxisbuch Achtsamkeit in der Schule: Selbstregulation und Beziehungsfähigkeit als Basis von Bildung.* Beltz.

Kane, M.J., Brown, L.H., McVay, J.C., Silvia, P.J., Myin-Germeys, I., & Kwapil, T.R. (2007). For whom the mind wanders, and when: An experience-sampling study of working memory and executive control in daily life. *Psychological science*, *18*(7), 614–621.

Kaplan, S. (1995). The restorative benefits of nature: Toward an integrative framework. *Journal of environmental psychology*, *15*(3), 169–182.

Krause, S. (2019). Piraten-Vokabular. Online abrufbar unter: https://wiki.piratenpartei.de/ PiratenVokabular.

Krowatschek, D., Krowatschek, G., & Reid, C. (2019). *Marburger Konzentrationstraining (MKT) für Schulkinder (Deutsch).* Loseblattsammlung. Verlag: modernes lernen.

Lauth, G.W., & Mackowiak, K. (2018). Kognitive Verfahren. In: Schneider S., Margraf J. (Hrsg.), *Lehrbuch der Verhaltenstherapie* (S. 221–232). Springer: Berlin, Heidelberg.

Lauth, G.W. (2001). Selbstkontrollverfahren, kognitives Modellieren und Selbstinstruktionstraining. In: G.W. Lauth, U.B. Brack, F. Linderkamp (Hrsg.), *Verhaltenstherapie mit Kindern und Jugendlichen* (S. 542–549). Beltz: Weinheim.

Lauth, G.W., & Schlottke, P.F. (2019). *Training mit aufmerksamkeitsgestörten Kindern.* Beltz: Weinheim.

Linderkamp, F. (2020). Die Effektivität achtsamkeitsbasierter Therapieverfahren bei Kindern und Jugendlichen mit ADHS – ein systematisches Review. *Lernen und Lernstörungen, 9*(1), 25–35.

Lee, K., Talwar, V., McCarthy, A., Ross, I., Evans, A., & Arruda, C. (2014). Can classic moral stories promote honesty in children? *Psychological Science, 25*(8), 1630–1636.

Lippelt, D.P., Hommel, B., & Colzato, L.S. (2014). Focused attention, open monitoring and loving kindness meditation: effects on attention, conflict monitoring, and creativity–A review. *Frontiers in psychology, 5*, 1083.

Meichenbaum, D.h., & Goodman, J. (1971). Training impulsive children to talk to themselves: A means of developing self-control. *Journal of Abnormal Psychology, 77*(2), 115–126. https://doi.org/10.1037/h0030773.

Modesto-Lowe, V., Farahmand, P., Chaplin, M., & Sarro, L. (2015). Does mindfulness meditation improve attention in attention deficit hyperactivity disorder? *World journal of psychiatry, 5*(4), 397.

Mooneyham, B.W., & Schooler, J.W. (2013). The costs and benefits of mind-wandering: a review. *Canadian Journal of Experimental Psychology/Revue canadienne de psychologie expérimentale, 67*(1), 11.

Pallardi, R. (2019). Anne Bonny. Encyclopaedia britannica. Online abrufbar unter: https://www.bri
tannica.com/biography/Anne-Bonny

Petermann, U. (2019). *Die Kapitän-Nemo-Geschichten. Geschichten gegen Angst und Stress.* Bern/
Göttingen: Hogrefe.

Seli, P., Smallwood, J., Cheyne, J. A., & Smilek, D. (2015). On the relation of mind wandering and
ADHD symptomatology. *Psychonomic bulletin & review, 22*(3), 629–636.

Seli, P., Risko, E. F., & Smilek, D. (2016). On the necessity of distinguishing between unintentional and
intentional mind wandering. *Psychological science, 27*(5), 685–691.

Seli, P., Risko, E. F., Smilek, D., & Schacter, D. L. (2016). Mind-wandering with and without intention.
Trends in cognitive sciences, 20(8), 605–617.

Smallwood, J., Fishman, D. J., & Schooler, J. W. (2007). Counting the cost of an absent mind: Mind
wandering as an underrecognized influence on educational performance. *Psychonomic bulletin &
review, 14*(2), 230–236.

Smallwood, J., & Schooler, J. W. (2015). The science of mind wandering: empirically navigating the
stream of consciousness. *Annual review of psychology, 66,* 487–518.

Sood, A., & Jones, D. T. (2013). On mind wandering, attention, brain networks, and meditation.
Explore, 9(3), 136–141.

Rietzler, S. & Grolimund, F. (2016). *Erfolgreich lernen mit ADHS. Der praktische Ratgeber für Eltern.*
Bern: Hogrefe.

Veraksa, A. N., Gavrilova, M. N., Bukhalenkova, D. A., Almazova, O., Veraksa, N. E., & Colliver,
Y. (2019). Does Batman ™ affect EF because he is benevolent or skilful? The effect of different
pretend roles on pre-schoolers' executive functions. *Early Child Development and Care,* 1–10.

White, R. E., Prager, E. O., Schaefer, C., Kross, E., Duckworth, A. L., & Carlson, S. M. (2017). The
"Batman Effect" : Improving perseverance in young children. *Child Development, 88*(5), 1563–1571.

Wikipedia. Die freie Enzyklopädie. Online abrufbar unter: https://de.wikipedia.org/wiki/Wiki
pedia:Hauptseite

Zenner, C., Herrnleben-Kurz, S., & Walach, H. (2014). Mindfulness-based interventions in schools – a
systematic review and meta-analysis. *Frontiers in psychology, 5,* 603.

Zoogman, S., Goldberg, S. B., Hoyt, W. T., & Miller, L. (2015). Mindfulness interventions with youth:
A meta-analysis. *Mindfulness, 6*(2), 290–302.

謝辭

非常感謝我們最棒的插畫家馬酷斯‧韋爾克，他為自己裝備上尖尖的鉛筆、柔軟的筆刷、一噸的顏料與畫紙，和我們一起進入洛蒂的冒險世界，讓我們筆下的角色活躍於紙上。

感謝 Hogrefe 出版社的編輯 Susanne Lauri 孜孜不倦的投入，她支持我們所有大大小小的想法，給我們的兔子世界送來熱情。

我們特別高興收到許多有意義、有幫助以及想像力豐富的試讀回饋，如果沒有你們，洛蒂的冒險將不會成為今天的模樣。

感謝這些孩子、家長與專家們：

Eltern und Fachpersonen:
Aidan, Eileen und Fionn mit Deborah
Alessandro und Raúl mit Susana
Aline
Amélie und Elin mit Gregor und Christine
Amrita mit Angela
Amy, Anna, Celestina, Daniel, Layla, Matthias, Naiara, Sheila, Zahira mit Rosanna
Andreas mit Denise
Anne mit Maja
Annika mit Evelyne
Ben mit Nadine
Celine, Fiola und Julian mit Nadine
David mit Daniela
David und Kevin mit Melanie
Diego mit Inés
Elin und Janick mit Catherine
Emilie mit Manuela
Emma mit Birgit
Erste Klasse der Primarschule Opfikon mit Sarah
Fabian und Julian mit Andrea
Gabriel und Iléa mit Fabian und Maya
Geli
Giuachin, Joséphine und Ruben mit Angela
Ima mit Coni
Isabella und Johanna mit Nadja
Jael und Janik mit Nadine
Joëlle und Lars mit Marion
Joelle und Simon mit Denise
Juliy und Sophia
Kiana, Nayla und Tim mit Sarah
Kamy mit Anjna
Laura und Lisa
Levin und Ruben mit Benita
Liliane
Linda mit Sabine
Livia und Matteo mit Sonja
Livia und Ronja mit Manuela
Lorena mit Saskia
Luana und Noëmi mit Chantal
Maël und Milo mit Marc
Mika mit Fabienne
Monika
Nils und Nina mit Christine
Paul mit Beke
Sabrina mit Pia
Santiago mit Bettina
Selina und Chiara mit Barbara
Sieglinde
Tim und Nick mit Manuela und Thomas
Tim mit Nicole
Veronika und Martin
Zino mit Claudia
Zoé mit Sandra

故事館 059

愛分心的洛蒂
Lotte, träumst du schon wieder?

作　　者	斯蒂芬妮・里茨勒 (Stefanie Rietzler) 法比安・格羅利蒙德 (Fabian Grolimund)
繪　　者	馬酷斯・韋爾克 (Marcus Wilke)
譯　　者	林硯芬
責任編輯	蔡宜娟
語文審訂	張銀盛 (台灣師大國文碩士)
封面設計	張天薪
內頁設計	連紫吟・曹任華

出版發行	采實文化事業股份有限公司
童書行銷	張惠屏・張敏莉・張詠涓
業務發行	張世明・林踏欣・林坤蓉・王貞玉
國際版權	劉靜茹・陳鳳如
印務採購	曾玉霞
會計行政	許俹瑀・李韶婉・張婕莛
法律顧問	第一國際法律事務所　余淑杏律師
電子信箱	acme@acmebook.com.tw
采實官網	www.acmebook.com.tw
采實臉書	www.facebook.com/acmebook01
采實童書粉絲團	https://www.facebook.com/acmestory/

I S B N	9786263497368
定　　價	360元
初版一刷	2024 年 8 月
劃撥帳號	50148859
劃撥戶名	采實文化事業股份有限公司
	104台北市中山區南京東路二段95號9樓
	電話：(02)2511-9798　傳眞：(02)2571-3298

國家圖書館出版品預行編目資料

愛分心的洛蒂 / 斯蒂芬妮 . 里茨勒 (Stefanie Rietzler),
法比安 . 格羅利蒙德 (Fabian Grolimund) 作；馬酷
斯 . 韋爾克 (Marcus Wilke) 繪；林硯芬譯 . -- 初版 . --
臺北市 : 采實文化事業股份有限公司 , 2024.08
240 面；15.5×22.5 公分 . -- (故事館；59)
譯自 : Lotte, träumst du schon wieder?
ISBN 978-626-349-736-8 (平裝)
875.599　　　　　　　　　　　113008333

線上讀者回函

立即掃描 QR Code 或輸入下方網址，
連結采實文化線上讀者回函，未來
會不定期寄送書訊、活動消息，並有
機會免費參加抽獎活動。

https://bit.ly/37oKZEa

Original title: Lotte, träumst du schon wieder?
by Stefanie Rietzler and Fabian Grolimund
Copyright © 2020 by Hogrefe AG; www.hogrefe.com

採實出版集團
ACME PUBLISHING GROUP